中公文庫

青山二郎の話・小林秀雄の話

宇野千代

中央公論新社

青山二郎の話・小林秀雄の話　目次

I　青山二郎の話　9

Ⅱ　小林秀雄の話

Ⅲ　宇野千代の話

青山二郎の話・小林秀雄の話

Ⅰ　青山二郎の話

青山二郎の話

1

青山二郎さんのいまの住居は、渋谷区神宮前二ノ三三ノ一二にある。渋谷から青山の大通りへ出て、表参道の交叉点を右へ曲ると、左側に東郷神社が見える。そこから、ゆるいカーヴにしたがって、左に曲ると右側に、ちょっと西洋のお城のように見える八階建ての、白い大きな建物がある。これが、ビラ・ビアンカと言うマンションである。始めて聞いたときには、洒落た名前だなア、と思ったが、いまでは格別のことはない。地階が「天壇」と言う中華料理屋であるから、すぐ眼につく。その「天壇」の前を右に、ちょっと坂になった道を下りると、右側がビラ・ビアンカの表玄関入口である。青山さんは六階の六〇五号室に住んでいる。

青山さんはいまから十三年前、と言うと、東京オリンピックのあった昭和三十九年であるが、それの始まる十月の、ほんの少し前にこのマンションを買った。青山さんのおくさんである和ちゃんが、或る日、新聞広告でこのマンションの写真を見て、「これはどう？」と言ったとき、すぐ見に行って、一と眼でぱっと決めて了った。これは青山さんの、何かものを撰択するときの特色で、いつでも、ぱっと決めて了う。オリンピックに間に合うようにと言うので、それまで一年ばかりいたことのある、赤坂の霞町マンションから、一気に引越して来たのである。

ビラ・ビアンカは或る知名な建築家の設計である。青山さんは六階にある二つの区画を、大きい方が二千四百五十万円、小さい方が八百五十万円、合計三千三百万円で買った。いまになって聞くと、安い買い物のように思われるが、その金額はたぶん、いまの一億何千万円かに当るような気がする。まだ、所謂、高級マンションと呼ばれるものが建たない前のことで、ビラ・ビアンカの威容は人眼についた。アメリカやドイツの雑誌にも紹介されたと言う。

外廓を見ると、各階層が互い違いに重なっているように見えるが、中に這入ると、その奇抜さはなく、落付いている。内装の殆んど凡てが、青山さんの手になると聞くと、それも当然。畳を敷いた部屋も幾つかある。障子もある。一枚ガラスの窓が、西南に広く開いている。窓のそとに広いテラスがある。青山さんはそのテラスに植木屋を入れ、庭にした。

この快適な家の中で、青山さんは一日中、何をして暮しているのか。不思議なことであるが、青山さんには、これと言った仕事はない。いや、仕事と好きなことをするのとの区別がない。この間、青山さんの墓地のある三軒茶屋の正蓮寺へ行ったら、その和尚さんが青山さんのことを、「骨董屋をしておいでだそうで、」と言ったので、ははア、和尚さんは何かを聞き違えているな、と私は思った。「骨董屋ではありません。自分の好きなものを買っておいても、持っている中に、人に譲っても惜しくなくなることがあるでしょう。また、急に金が必要になって来て、惜しいと思うものも、手放したりすることがあるでしょう。そのことが、骨董屋をしてるなんて、言われたりするんでしょう。」と私は言ったものである。しかし、青山さんの一日中の仕事の大部分は、自分の持っている陶器、その他の器物を眺めたり、手入れしたりすることで費される。「おい、こないだ松本で買った織部の皿を持って来い。」と言うと、間髪を入れず、和ちゃんはそれを、整理してあるどこかの棚から探し出して持って来る。

青山さんがそう言うものを出し入れするたびに、袱紗、箱、仕覆などの整理は和ちゃんがする。無言の中にする。格別、面倒とも、忙しいとも思わぬ風でする。青山さんはときどき、それらの陶器の或るものに「時代付け」をすることを、ふいに、殆ど本能的に思いつく。その対象になるものは、ほんとうに古いものは少く、ついこの頃出来たものの方が多い。「時代付け」と言うのは、青山さんの新造語かも知れないが、陶器に或る工夫を加えて、その陶器の持っている或る生々しさ、荒々しさを殺し、何となく時代のついたような、雅趣と言うのか、渋さと言うのか、そう言うものを加えることである。

「それは、贋物を作ることではないですか、」と言う人があるが、違う。自然に加わる年代の持つ、あの言いようのないものを、人の手によって加えることで、これは青山さんの発見なのか、ほかの人もやっていることなのか知らないが、これを私は、陶器の上に加える青山さんの一種の創作、と解釈する。一時、夢中になって、同じことをやっていたことがある。陶芸家の伊奈久さんの宇佐美の窯場から、いま出来たばかりの茶碗を持って来て、よく、それに時代付けをしていることがあった。あ、これが、あの同じ茶碗かと、仰天させられたことがある。冗談半分か本心かは分らないが、「青山二郎伊奈久二人展」と言うような展示会をしたい、と話し合っていたこともあるくらいである。

或るとき、ちょっと見ていると、鍋の中で、紅茶の葉っぱをぐらぐらと煮立てているのを見た。その中に、まだ、ほかのものもいろいろ入れている。その赤黒い液の中へ陶器を浸しておく。それから、電気焜炉の上やガスの火の上で焙る。同じことを幾度も繰返す。そして、ときには紙やすりで、陶器の糸尻や、見込みの上薬の上からこすったりする。これら凡ての作業は、秘密なのかも知れない。煮立て過ぎて、また漂白したりする。ときには新しい陶器ではなく、古いもので、とても大切にしていたものの上にも、同じ方法を施して、失敗することもある。こう言う、ひょっとしたら、単なる思いつきであるものでも、青山さんにとっては、真剣なのか、冗談なのか、他人の眼には分らない。

一体に、青山さんのしていることは、それが本気であっても、面白半分に見える。ひょっとしたら、愉しいことだけしか、しないからかも知れない。何かに規制されてする、義務的にする、と言うことはないように見える。いや、ひょっとしたら、そう言うことも、青山さんの手にかかると、面白いことをしているように、変って見えるのかも知れない。朝、起きると、テラスの植木に水をやる。バケツに水を汲んでやったりするのではなく、テラスのどこかに、何か、撒水車のような仕掛けがしてあって、それをひねると、一気に、物凄い勢いで、シャーッと霧か雨が噴出する。青山さんはびしょびしょになる。冬はシャツで、夏は裸の上に、古ぼけた絣の薩摩上布で作った甚兵衛を着たりしている。たぶん、この水撒きをしたあとは、どんなにか、さっぱりした気分になることであろう。

テラスの木々も花も、青山さんの丹精を充分にうける。青山さんは、自分の丹精で何かが育つのが、人一倍、面白いのかも知れない。テラスには大きな、両手で抱えきれないほどの、信楽の甕（かめ）が二つ、おいてある。これも、庭の景色の中に這入る。六階のテラスにある庭だから、周囲に見える風物は、眼まぐるしいようであるかも知れないのに、一向に平気である。庭はそれでも、十坪もあるかな。池も掘ってある。金魚もいる。井戸もあると見えるように、石の井桁がおいてある。竹を組んだ蓋もある。一応、庭としての体裁がととのっているのを見ると、人の眼には、青山さんも普通の人かと思われる。

青山さんは新聞を見る。読むのではなく、見る。本の広告を丹念に見て、印をつける。それを注文する。テレビ番組にも印をつける。青山さんの好きな番組は、NETのモーニングショーであると言うと、信じない人もある。しかし、現在の青山さんのように、じっとしていて、自分の身の上に変化のない人は、人の身の上噺に興味を持つのかも知れない。どうも、分らない。「おい、ぱっと時間が変ったときに見るんだ。ぱっと変ったときだ。」と青山さんは言う。毎日のことであるが、一日に一度、必ず時計の時間を合せる。時計は四つか五つある。柱時計と目覚し時計と置き時計と懐中時計がある。ぱっと変ったとき、と言うのは、テレビの画面に現われる時間のことで、一分毎に変る。その変った瞬間をとらえて、時間を知らせるように、と和ちゃんに言うのである。一秒の狂いもないようにするためである。而も全部の時計を同じようにして合せなければならないからである。青山さんの時計はよく壊れる。修繕に出すと、「そんなに毎日いじっていては、壊れますよ。」と時計屋が言う。こう言う話を聞くと、青山さんは普通の人ではなく、一種、変った人のように思われる。

この話でも分るように、青山さんにはどうも、几帳面すぎるところがある。客が来ると、よく、自分でココアを入れて出すのであるが、「ちょっと待ってくれ。旨くなるから、」と言って、匙でぐるぐる混ぜる。ちょうど、数えて二百回になるまで混ぜると、旨くなるのだと言う。

2

青山さんは明治三十四年の六月一日に、麻布新広尾町一丁目二十四番地に生まれた。天皇陛下と同い齢である。五つ違いの兄の民吉と、ただ二人の兄弟である。青山さんの生れた家は大地主で、いまの青山から麻布にかけた一帯の土地を持っていた。それで、青山と言う苗字なのだ、と人が言うのを聞いたことがある。正確な話かどうか分らないが、それくらいに広い範囲の土地を持っていた、大地主だ、と言うのであろう。青山さんの一族には、いま兄の民吉も亡って、民吉の未亡人とその子供が二人いるきりである。父母、その他の墓のことを訊くと、「墓詣りはしたことがない。」と言う。青山さんのこの態度には反するかも知れないが、私は或る日、ちょっと花を買って、世田谷三軒茶屋にある正蓮寺へ行って見た。

道が入り組んでいて、なかなか見付からない。途中で、十ぺんくらい車を停めて訊いた末に、やっと分った。堂々とした構えの寺である。しかし、街中にある寺はどこでも、墓地に当てた地面は狭い。その狭い墓地の中ほどに、「青山家代々の墓」と書いた墓がある。あまり大きな墓ではない。側面を見ると、亀屋喜八、行年七十五歳、妻美喜と書いてある。妻の行年は書いてない。相当に古い墓で、苔と言うよりも、埃を冠って、一種、乾いた白茶けた色をしている。花筒にも、線香立てにも、ながい間、人の来た形跡はない。亀屋喜八と言うのが、青山さんの祖先の名前なのだろうか。没年が書いてないので、そこのところが分らない。青山さんの家は、はじめ、亀屋と言っていたのだろうか。これまでに聞いていたところによると、青山家の当主は、何れも八郎衛門と言うので、お父さんも八郎衛門と言っていたと言うことであるが、昭和二十六年に死んだその八郎衛門も、ずっと以前の昭和八年に死んだ妻きん、即ち青山さんのお母さんである人の、名前も見当らない。とにかく、この墓は、あの麻布から青山の方まで持っていた、と言われる大地主の先祖代々の墓としては、何となく粗末な、一家中に誰も、家名を誇示しようとするもののない、墓に見えた。

すぐ右隣りに、ちょっと大きな、菱形をした扁平石の墓があって、大きい字で一ぱいに、「青山喜八之墓」と書いてある。明治四十三年五月没、行年七十七歳と書いてある。これが例の、クーデンホーフ・カレルギー伯爵夫人光子の父の墓である、と和尚さんが教えてくれた。光子の話は、いまでは誰でも知っている。しかし、青山さんの祖父と、この青山喜八とが兄弟であった、と言う、思いもかけないような話は、あまり人に知られていない。勿論、私も聞いたことがなかった。光子の息子であるリヒアルト・クーデンホーフが、「パン・ヨーロッパ」とか言う運動の創始者で、八、九年前、日本へ来たときに、NHKを通じて、母の祖先の墓へ詣でたい、と言ったとか言うことである。もし、青山一族の内で、残っている人があったら、その人にも会いたい、と言ったときにも、その頃、この一族のただ一人の人とも言われる筈の青山さんは、墓所のあるこの正蓮寺を教えただけで、会おうとはしなかった。遠い国から尋ねて来た、毛色の変った血族の人、と思うと、私であったら、ちょっと会って見たい、と思ったに違いない。そして、ながい間の友だちである私にも、こう言う面白い話があるんだよ、と言って、この話も話して聞かせたに違いない。なぜ、聞かせなかったのであろう。私はこれを、青山さんの、或る「照れ」の感情である、と解釈する。

ウィーンの社交界で嬌名を馳せたクーデンホーフ光子の名は、パリ製の香水の名前に冠して使われたほどである、と言う話も、私はついこの間、聞いたばかりである。この光子の写真を、これもついこの間、光子の伝記を書いた本の表紙で見た私は、この、類まれなる美女の顔と、それほどではない青山さんの面貌との上に、或る類似を発見して、面白いことに思ったものである。また、その本の口絵に出ていた青山さんの祖父の顔は、ちょうど、光子と青山さんとの間の類似の上に、或る橋渡しをしているように見えたのである。面白いのはそればかりではない。この墓の主である光子の父の青山喜八が、家業として、骨董屋をしていたと言う話である。「骨董とは言えない、玩具のようなものを列べていたんだよ。」と青山さんは、その店においてあったと言う品を見て、馬鹿にしたように、言っていたとのことであるが。

それにしても、青山さんの骨董好きに、こんな系譜があるとは、思いがけないことである。クーデンホーフ光子は、乗馬、またはダンスの名手であった。このことと結び合せて、青山さんの運動好きを考えるのも面白い。青山さんは水泳も、何とか流とか言うのの達人で、腹の中一ぱいに空気を溜めて、水の上に、何分間でも、ぽかっと浮いていることも出来る。冬になると毎年のように、きまって志賀高原に出掛け、三、四ヶ月の間もホテルに滞在して、スキーボブとか言うドイツ製の自転車に乗ったまま、雪の上を滑走する。人間業とは思えない姿に、人々は息を呑むとか。

光子も画を描いたが、青山さんも画をかく。水彩画か油絵である。海か森か滝か道の画が多い。私も一枚持っているが、これは白樺の林である。青山さんは生涯に、こう言う画を十枚とは描いていない。それも或る時期に描いたきり、いまは描いていない。どう言う弾みで描き始めたのか、また、どうしていまは描かないのか、分らない。何れも細密画のような筆使いで、色彩がまことにきれいである。誰の画にも似ていないが、強いて言えば、ルソーの画に似ているとでも言えようか。見る人に、何か語りかけて来るような画である。「玄人の画描きは賞めないのよ。」と和ちゃんが言う。何だか、それも分る。しかし、素人の私の眼には、青山さんがそれを描いたときの気持が分るような気がする。それらの画は、いまは散佚している。しかし、あの画はどこ、あの画はどこ、と行き先きが凡そ分っており、四、五枚は青山さんの家にかけてあるから、それらを集めて、画集にすることも可能であろう、と私は思ったことがある。

青山さんの家には、墨と筆の極上のものがたくさんある。誰でも知っていることであるが、青山さんは生涯の間に、雑誌の表紙や本の装幀を、数多く手掛けた。青山さんの仕事の中では、これが目立つ。そう言う装幀の画を描くためにも、この墨と筆が必要であるが、もう一つ、原稿を書くときにも、この墨と筆で書く。青山さんの年代の人としては、古風な習慣である。原稿紙も既製のものではなく、自分流に罫を引いた、大判の特別のものを使って書く。青山さんにはそう言う自分の原稿を、大切にして、しまっておく癖があるが、ひょっとしたら、書いたことの内容ではなく、その特別の原稿紙のためか、墨で書いた筆跡のためかで、しまっておくのではないか、と私は思うのである。そう言う原稿に裏打ちをして、巻物のように表装したものも、私は見た。そう言う遊びが加わると、原稿は原稿ではなくなり、一種違ったものになって、人の心を囚える(とら)こともある。この間、求龍堂の石原さんのところで見たのは、いつ頃書いたものであるか分らないが、自宅の壁に貼りつけてあったのを、あとから誰かが剝がして、裏打ちしたものだと言う。普通の原稿用紙の三倍ほどの大判の紙に書いたものである。青山さんの字は、それほど上手と言うのではないが、一種の味がある。

「腹に据え兼ねる事、壁に書いて、ざまを見やがれと、我ひと共に言わんと思う。今日は八月一日、九十何度と言う暑さなり。女房は兄の子供等と活動に行って留守。廊下の窓を閉め扉を締め、中から鍵を掛ける。風なく西陽さして、汗はだかでいて、血の様に吹き出して来る。思えば腹の立つことなれ共、これでも人の顔を見るよりは良し。わが家には、常連とか謂う友の来りて、あたかも、おでん屋の如く、倖夫のろばたに溜まるが如く、用のない人間に限って、四六時中現れ、現れたが最後、落付き払いて終日、これがまた、同類の現れるのを首を長くして待っているのだから、いい加減やり切れぬ。中には人を連れて来て、酒をのむ常連もあり。先づ第一に、金がないから、直ぐ様遠い処へ引越しをすると言う訳には行かぬ。引越しが出来なければ、腐った人間が集る。野々宮アパート披露の招待状来り、逃げ出すは今なり、居は心を移すとかまかりけるに、何と一ヶ月二百五十円にて、三越のショウウインドに人形と暮すような、可笑しな新式アパートさ。」などと書いてある。

野々宮アパートと言う新築のアパートが、部屋代が二百五十円と言うのであるから、昭和の始め頃のことかと思われるが、その頃の青山さんの女房は誰であったろう。また、この住居はどこであったろう。そして、また、その住居に、倖夫の炉端に集る如く集ったと言う人々は、誰々であったろう、などと思いながら、私はこの、九十何度と言う暑い部屋の中に閉じ籠って、ひとりで悲憤慷慨（ひふんこうがい）している、青山さんの姿を思い浮べる。あの、人に対しては、いつも、穏かな笑顔を絶やさない青山さんの中に、こんな半面があろうとは、思いもかけないことであるが、それよりも何よりも、それを書いた紙を壁に貼っておいたとは、何とも分らないことである。

3

求龍堂の石原さんは、青山さんの若い頃からの友だちである。私はこの間、文藝春秋社へ寄った序でに、同じ社屋の九階にある、石原さんの会社へ寄って見た。求龍堂と言うのは、美術出版を専業とする老舗であることは、誰でも知っている。広い部屋の中に、おおぜいの社員が忙しそうに働いている間を通り抜けて、私は社長室へ通された。一枚ガラスの窓から麴町一帯の眺望が見渡される。

石原さんはこの頃、ちょっと体の調子が宜くない。ときどき咳をしている。それでも、私の訪問を迷惑に思っている風はない。「じいちゃんの一家は、桁外れに変った人間ばかりの寄り集りでしてね、」石原さんは、そう言って話してくれる。じいちゃんと言うのは、お爺ちゃんと言う意味ではない。二郎ちゃんの愛称で、この呼び方は、青山さんを知っている人たちの間では、普通になっている。たぶん青山さんは、その父母、祖父母からも、そう呼ばれていたに違いない。極く親しい間の人からは、じい公、と呼ばれたりしている。「善玉、悪玉に分けますと、兄貴の民吉は悪玉、じいちゃんは善玉ですよ。それから、じいちゃんの親爺の八郎衛門は悪玉、お袋さんは善玉ですよ。じいちゃんに言わせると、民吉のことを、彼奴は脳梅で死んだんだ、なんて言うんですが、上海なんかへも行って、よく遊んでいましたからね。しかし、道楽をした点では、引けをとらなかったのですから、実はじいちゃんも、脳梅じゃないかと思ったんですが、違いましたね」石原さんは笑いながら、そう言う。つい、半年ほど前、或る病院で検査して貰ったときの、その話なのである。脳梅などと言う、普通の会話の中では取り扱われない言葉を、極く日常のことのようにして話すのも、青山さんたちの友だちの間では、普通の習慣である。

「じいちゃんが一番最初に結婚したのは、或る大手の石油会社の社長の姪だかに当る、お嬢さんでした。これはじきに、胸を患って死にました。私はこの人に会ったことはありませんでしたが、愛してたんでしょうね。じいちゃんが少しおかしくなったのは、それからあとのことです。」

「じいちゃんと私が、どう言うきっかけで友だちになったのか、覚えがないのですが、二人とも、二十三か四の年頃でね、じいちゃんはその頃でも、もう一ぱしの遊び人でたね、浅草の六区などへも出這入りしてたようです。あの若さで、あんな贅沢をしてた人間を、私は見たことがありませんね。夏は薩摩上布の、それは細かい絣を着ていましたが、これは日本一の着物だよ、六代目の着てる奴より、俺の方が好いんだよ、と言って、自慢してましたがね。その、また、穿いてる下駄と言うのが、五円だったか、五十円だったか忘れましたが、柾目の数が百何本とか言う代物でね、そんな下駄があるものか、と私は呆れたものですよ。おかしな話ですが、そんな、六代目と競争するような着物を着たりしてる癖に、その頃、彼が一番気にしてたことは、自分があまり好男子ではない、と言うことでしたね、」石原さんはそう言う。どこか、光子と似た風貌の青山さんではあったが、自分では好男子と言うのではないと思っていたのだろうか。「まア、そんなことを気にしてたんですか、」と私も笑いながら言った。あの青山さんが自分の容貌のことを気にしてたなぞと、どうして考えられるだろうか。「そうですよ。とても気にしてましたよ。自分の顔の形は変えられないにしても、せめて、見る人の眼に、好い感じを与えるようなものにしたい、そう思っていたのでしょうね。その頃、美顔水と言う化粧品がありましたが、あれを、ぱあっと顔中に振りかけてね、マッサージのようなことをしていましたね。」「ははははは、」と私も大きな声をして笑ったものである。若い頃には、どんな男も女も、似たようなことをした筈だと思ったからである。

「石原さん、あなた、子供の頃の青山さんのことを、何かご存じないでしょうか。実は私は、この青山二郎と言う、奇妙奇天烈な人物の魂の形成は、どう言うところで行われたのか、どう言う家に生れて、どう言う育てられ方をしたのか、それが知りたいのですけれど、」と私が言うと、石原さんはその問いをはぐらかしでもするように、「青山八郎衛門と言う彼の親爺さんは、ちょっと背が低くてね、」と話し始める。「背が低かったですか、」と私も下らないことに口を挟む。戦争中のことであるが、私もしばしば、青山さんの伊東の家で、この親爺さんに会ったことがある。三十何年も前のことであるが、どうも、それほど背が低かったようには思えなかった。人の記憶と言うものは、当てにはならないものである。「この親爺さんは、オットセイ丸と言う精力剤を発明した人でね、家に看板をかけて売ってましたよ。何でもこの親爺さんは、赤ん坊のときに、茨城の在から青山家へ貰われて来た人だとかで、慶應の二期生なんですよ。私も戦時中、伊東でとても近しくしてましたが、ほかに誰も遊んでくれる人がなかったのか、よく私の家へ来ていたのです。坐ってたところに、見ると、虱が落ちてるんですよ。海岸へ遊びに行ってもね、ほら、子供たちが自分の下駄を砂の中に埋めておいて、その上に木を立てて、目印しにしておくでしょう。親爺さんはその下駄を、片っぱしから掘り出して、長ァい物干竿にさして、伊東の町を歩いていたものですよ。浴衣なんか、洗濯したことがないんですから、汚れ放題のものを着てね。この親爺さんだけの話にしましても、非常に変ってましたね。お袋さんと言うのは、無類の善人で、ずっと古い頃のことですが、月に五百円ずつ、民吉に五百円、二郎に五百円、小遣いを渡してたんですよ。すると、民吉の言うには、俺に五百円と言うのは少な過ぎる。俺は兄貴なのだから、二郎と同じだと言う訳はない、と言って、強談判したと言うんです。当時の五百円と言う金が、どんなものだったか、想像も出来ない額ですよ。そうでしたな。このお袋さんが私の顔を見ると、よく言ったものです。石原さん、聞いて下さいよ。二郎は小遣いがなくなると、厠まで私について来て、小遣いをくれ、小遣いをくれと言ってせがむんですよ。可愛くってしようがありませんから、また、やって了うんですよ、とそう言って話したことがあります。」こうしてせしめた金で青山さんは、寄り集って来る友だちをつれて、浅草などへ繰り出す。石原さんもその仲間の一人であったと言う。

こう言う話を聞いている私の頭の中に、ちらと浮ぶのは、青山一家の形成の原図である。石原さんの話は、何れも時期がはっきりとはしていない。虱が落ちていたと言う、あの話など、親爺さんが妻に死に別れて、ながく独身でいた間のことであると思われるが、この頃、彼には莫大な財産があった筈である。慶應の二期生で、そんな資産のある老人が、子供の下駄を拾い集めて物干竿にさし、汚れ放題の浴衣を着て町を歩いていたとは、世にも風変りな男に思われる。そう言う父親が、同じ町の伊東に住んでいても、心にかからぬ風にしていた青山さんも、また、一種、風変りな人に思われる。このことについては、あとで、また、私流の解釈をつけ加える積りであるが。

4

青山さんの親爺さんは、昭和二十六年四月一日、麻布新龍土町の自宅で死んだ。この家で親爺さんはどんな生活をしていたか。四畳半の部屋に万年床を敷き、夜は釣に行って、外食券による生活をしていたと言う。父親に対して、世間普通の扱いをしなかったのは、兄の民吉も青山さんも同じであったと思われる。民吉は父親が眼の前にいると、「下れ。」と言ったと言う。これは、戦前、伊東の青山さんの家で私が聞いた話であるが、青山さんもまた、親爺さんが眼の前に現われると、「ハウス、」と言ったと言う。こんなところへのこのこと出て来ないで、決められた自分の部屋にひっこんでいろ、と言う訳である。青山さんは犬好きで、いつでも犬を飼っている。飼犬に命令する言葉で、冗談に父親を制したのかも知れないが、或いは冗談ではなかったかも知れない。この八郎衛門と言う親爺さんには、子供である二人の兄弟から、そう言う取扱い方をされるのが当然な、何かの理由があったのかも知れない。その理由は何であるか、他人には分らない。

　石原さんが保管している、青山さん関係の書類の中に、私はこう言うのを発見した。昭和二十六年の十月、父親が死んで半年後に、青山さんが民吉を相手にして、東京家庭裁判所に提起した、父の遺産の割譲を請求する申立て書である。「父八郎衛門は死亡しましたが、申立て人と相手方とは、その実子であり、二人の兄弟であります。この二人の兄弟以外に、八郎衛門には子供がありませんので、これら二人が、その遺産を相続したのでありますが、その分割については、中々協議が調いません。時日が経過するばかりで、遺産の散佚する懼（おそ）れがありますので、この申立てに及んだ次第であります。」と書いてある。しかし、その書類によると、民吉は病気を理由にして、裁判所には出頭しない。裁判を提起してから、一年半も時日が経った後、やっとのことで、青山さんから、申立て取下げ書と言うものが提出されている。石原さんの話によると、遺産の中、地所の大部分は、麻布十軒店の周辺と、二ノ橋の川沿いにある細長い土地との二ヶ所に分れていたとのことであるが、十軒店の周辺を兄の民吉が取り、二ノ橋沿いの土地を青山さんがとることによって、話はついたとのことである。それから間もなく、昭和二十八年の十一月三十日に、民吉は死んでいる。

この訴訟のとき石原さんは、青山さんの弁護士に払う金を百万円、立替えておいた。どうせ返してはくれないだろうが、馬券でも買った積りで出しとくよ。そう言って、出しておいたとのことである。ところが、思いもかけないことに、訴訟のときは不承不承で取っておいた筈の、二ノ橋沿いのあの土地に、高速道路が通ることになって、東京都から、三億円か四億円の金が支払われた。一夜にして青山さんは、億万長者になった筈であるが、このとき、結婚して直きに亡った、青山さんの最初のおくさんの親戚である、或る大手の石油会社の社長が石原さんに、「いつか、君の立替えた、あの百万円は返して貰いましたか。」と訊いた。いや、まだですよと言うと、その社長が中に這入って、赤坂の料亭か何かで、青山さんに、「君、金が這入ったんだから、あの金は返した方が好いよ。」と言った。青山さんは笑って、元金の百万円に、利子と言って十万円をつけ、石原さんの前に出した。「俺ア、人から金を借りて、返したことなんか、ないよ、生れて始めてだよ。」と言ったとのことである。

これらの話を聞くと、信じない人もいる。青山さんは冗談を言っているのか、と思う。ところが、それがちょっと違うのである。青山さんにあるのは、常識で考えられるままの、金銭感覚とは違ったものである。借りた金は返さないでも好い。同じ理屈で、青山さんもまた、貸した金のことは忘れる。そこで、辻褄が合うのである。こう言う話は、限りなくある。それによって、青山さんの性状を云々するのは、当らないことである。

5

石原さんの言葉によると、青山さんには、一種の商才があると言う。誰でも知っていることであるが、青山さんはながい間、文藝春秋社刊行の「文學界」の表紙を描いていた。それらの画稿を集めて、一度、日本橋の壺中居（こちゅうきょ）で、展覧会をしたことがある。その会場で、佐佐木茂索に、「この表紙を、全部、まとめて買わないか、」と言ったと言う。当時、茂索は文藝春秋社の社主であった。その人に、一旦、社の依頼で描き、確かに画料も貰ったに違いないその表紙を、また、全部買わないかと言うのである。「ああ、好いよ。買うよ。」と茂索は言ったと言うことであるが、ちょっと聞くと、これでは表紙の二重売りになる筈であるが、しかし、微妙な点で、それは違う。表紙を書いたときの画料、と言うか、デザイン料と言うものは確かに貰っているが、画稿そのものを売ったのではない。その微妙な点を青山さんは知っていて、それで、画稿そのものを買え、と茂索に言ったのか。そうであるかも知れないが、そうではないかも知れない。戦時中のことであったが、茂索はよく、青山さんの伊東の家へ遊びに来ていた。その頃、熱海に疎開していた私も、また、青山さんの伊東の家へ遊びに行っていたので、そこでしばしば、茂索と落合ったものである。戦後、文藝春秋社を再建して、隆々たる羽振りの茂索を見ては、考えられないことであるが、その時点での茂索は、単に青山さんの弟子の一人であった。茂索はそこで、青山さんから、骨董を見る眼を貰うと同時に、青山さんのあの、一種言い難い人柄の魅力に囚えられた一人でもあったのか。青山さんが表紙の二重売りをしたのであっても、何であっても、茂索にとっては、唯々としてそれを聞き入れたい気持があったのか。

こう言う種類の話は、ほかにもある。戦時中のことであるが、青山さんは日本橋の瀬津の家で、面白いものを見つけた。瀬津と言うのは、日本橋附近の骨董屋仲間での古株で、青山さんとも仲が宜かった。「こりゃア面白いな。これは貰っとくよ。二万円で好いかい、」そう言って、青山さんが手にとったのは、小鳥の餌入れであった。いや、餌入れとして瀬津が使っていた、小さな、ぐい呑みのような形をした、黄瀬戸に似たものであった。しかし、小鳥の餌入れにして使っていたくらいのものであるから、大したものではなかった。どこかの瀬戸物屋の店さきで見つけ出した、半端ものであったかも知れない。「へえ、」と言って瀬津は、青山さんのするがままに任せておいた。その頃、青山さんは伊東に疎開していた。瀬津は東京、青山さんは伊東と離れているので、めったに会うことはなかった。ときどき、伊東へ行くことがあると、瀬津は青山さんの家へ寄って、いつかの餌入れの二万円を催促したものであるが、例によって、埒が明かない。二年も経った頃のことである。或るとき、瀬津が青山さんの家へ寄って見ると、例の餌入れが、これがあの同じ餌入れかと、わが眼を疑うほど、正真正銘の黄瀬戸のぐい呑みのように変貌して、そこの茶棚の真ん中に、でんと乗っかっているではないか。瀬津は素知らぬ風をして言った。「いつかの餌入れの金、今日は貰って帰りますよ。」青山さんもまた、とぼけた顔をして、その、同じものとは思えぬほどのものになった餌入れを手にとって、「どうだい。好い味だろう。」と言う。「宜くなりましたね、そんなに宜くなったんだから、今日は金を貰って行きますよ。」と言ったが、金はないのである。「じゃア、それを貰って帰りますよ。」と瀬津が言うと、青山さんは、「やっても好いよ。やっても好いが、これは君のところから持って来て、二年の間、僕が愛玩して、こう言う味をつけたんだ。だから、その愛玩料として、四万円おいてくかい。」と言った。瀬津はだまって、財布の中から四万円の札を出して、青山さんの眼の前に置いた、と言う話である。

このぐい呑みを幾何もなく、瀬津は他の客に八万円で売った。二万円で買う、と言ったきりで金を払わず、瀬津に四万円で引取らせた青山さんが得をしたのか、四万円払ったことは払ったが、忽ち八万円で売った瀬津が得をしたのか、私には分らない。しかし、少くとも、こう言う青山さんのことを商才がある、と言うのは、ちょっと当っていないように思われる。

6

前にもちょっと触れておいたが、ここで、もう少し、青山さんの兄の民吉のことを書いておきたい。青山一家の形成の上で、その役割の或る部分を担っていると思われる民吉について、もう少し記しておく必要がある。石原さんの話によると、この悪玉と言われる民吉にも、父親の八郎衛門とはまた違った奇行があった。民吉は東大の美学を出ている。ずば抜けて頭の宜かった民吉は、大学の講義に出るのにも、普通の学生のようにはしていなかった。明日は何教授の講義がある、と分っていると、前の晩にその講義の下調べを、とことんまでしておく。それも普通の下調べではなく、こうなったらこうなる、と言う最終的な結論まで調べておいて、当日、授業が進んでいる最中に、つと起って言うのである。「ここに言われる何博士の何について、自分には、しかじかこう言う疑問がある。教授、どうかこれを解明して頂きたい。」とやるのであった。民吉の質問に対しては、如何なる教授も答えることが出来ない。出来ないに決っているほど、徹底的に調べ抜いてある質問なのだから、教授がぐっと詰るのは当然である。こう言う場景は、毎度繰り返された。のちには、どの教授たちも、民吉の姿を見ると、教室に這入らず、そのまま廊下を引返して行ったので、民吉の出席する講義は、いつの場合にも休講になった、と言う伝説があったと言う。

これほど頭の宜かった民吉であったが、頭の好いのと比例して、何か、人並外れて非人情なところがある。いや、非人情と言うのではない。はじめから、世間普通の人情の埒外にいた、と言う方が当っていた。父親を呼ぶときにも、「お父さん、」とも「親爺さん、」とも、「親爺、」とも言ったことがなく、いつでも、ただ、「おい、」とか、「お前、」とか言ったと言うことである。このことは、青山一家の特色であるが、民吉の弟である青山さんにも、父親に対して、家族とか、長上とか言う感情が全くない。いや、父親であるから、家族の一員であるから、他人に対するよりも一層、辛辣な態度をとっても構わない、と考えているのか、そう言う態度が一番公平である、と考えているのか、或いは、そう言う態度をとっていても、家族同志の間にある人間感情の或る一線は残されている、と考えているのか、他人には窺い知れないことである。

或るとき、民吉は父親に向って、「おい、」と呼びかけた。「今度、俺たちは十軒店の裏手にある、離れ付きの家を買って、引越すことになったんだが、そこへ引越したら、お前もその離れの一間に住まわしてやっても好いよ。どうだい。その家を買う金を出すかい。」と持ち掛けたものである。前にもちょっと書いたが、八郎衛門はその頃、民吉の家族と同居していて、四畳半の一間に万年床を敷き、夜は釣りに出掛けて、外食券による生活をしていた。民吉の持ち出したこの話に乗れば、離れの一室を自分にくれるばかりではなく、食事も家族と一緒に出来るもの、と早や合点して、その家を買う金を出した。そして、さア、引越しと言う日になると、民吉は妻と子供たちをつれて、さきに荷物を運び出して越して行き、そのあとから、八郎衛門が自分の荷物を大八車に乗せて、のこのこと、その引越しさきの家の前まで行くと、門の前には民吉が、太い棍棒を持って立っていた。「おのれ、この門から中へ一歩でも、這入って見やアがれ。手前の向う脛をへし折ってやるから、」と言ったと言う。八郎衛門はすごすごと、ひとりでもとの家へ帰って行ったと言うことである。

民吉のこの、父親に対する徹底した非情振りには、誰でも吃驚(びっくり)する。しかし、いつでも、私が不思議に思うのは、この非情振りに、ねちねちした意地悪さとは全く違った、一種からりとした、乾いた、不徳の趣きがあることである。やん茶坊主の我がままが、最大限に発揮された趣きがあることである。ここから出発して、民吉の、家族にではなく、全くの他人に対してとる行動まで、父親に対するのと同じような非情振りに終始するのと比べると、青山さんのは全く違う。八郎衛門を世の常の父親であると見る依怙贔屓が全くないのと同じ程度に、他人に対しては、全くの公平無私である。相手が何か肩書つきの人間であろうと、とるに足りない人間であろうと、その態度に変りがない。

　面白いのは、青山さんの家に出這入りしている人たちの顔ぶれで、雑誌の編輯者や作家の中に、植木屋の小父さん、魚屋の若い衆、経師屋の小僧さん、ときにはゲイバーのマダム、鮨屋の職人、バーの若い女、誰かのお妾さんと言った人たちもいたが、青山さんはその貧富の差、徳操の有無に拘泥せず、どの人々に対しても一視同仁、終始一貫して、公平であるのを、私は不思議な気持で見るのである。誇張して言うと、衆人に対するお釈迦様のような態度ともとれる。このことは、人々の心に、何とも言いようのない、一種あたたかい思いを抱かせる。誰にも、みな、青山さんを懐しく思わせ、何か、捧げたくなるような、不思議な夢見心地にさせる。青山さんがちょっとした病気にでもなると、根津の方に住んでいる植木屋は何かの盆栽を、伊東に住んでいる鮨屋は新しい魚を、と言う風に、道を遠しとせずに運んで来る。

　これも石原さんから聞いた話であるが、文藝春秋社が一度蹉跌し、また辷り出した、戦後、間もない頃のことであった。その再建に苦悩している最中の佐佐木茂索が、或る日、真顔で、こんなことを言ったと言うのである。「出版事業も好いが、手っ取り早く金を集めるには、宗教くらい面白いものはないと思うんだよ。新しい宗教を作り出すんだよ。一人、格好な教主が見つかりさえすれば、な、」と言ってから、はた、と手を打ち、「そうだ、じいちゃんだよ。じいちゃんを担ぎ出すんだよ。」と言って、真面目になって、青山さんにその話をして、説き伏せようとしたと言うのである。

　私はこの話を、半分は疑い、半分は信じる。戦後すぐの、あのどさくさのとき、或いは茂索と言う、あの才人の頭に、こんな突拍子もない考えが浮んだか、浮ばなかったか。そのとき、青山さんは、体をよじって、「可厭なことだよ。そんな馬鹿な、」とにべもなく答えたと言うことであるが、その話をしながら、石原さんは、そのとき青山さんの体をよじったと言うそのよじった格好をして見せたのを見ると、そのことに単なる嫌悪ではない、何かがあったように、私には思われたのである。しかし、話として聞くと、青山さんの風貌には、教主と言う言葉がぴったりのところもあるのではないか、と私もそう思ったものである。

青山さんを教主のように見える人とすると、民吉は凡そ、その反対である。銀座に女を囲っていたときにも、決して遊ばせてはおかない。「おけい鮨」とか言う鮨屋を営ませておきながら、毎夜おそくその店に現れて、店の売上げを全部さらって行く。女は悲鳴を上げて、店の鮨職人と逃げた、と言う話があるが、民吉の色事には、いつでも慾がからまる。青山さんはこの民吉の行状に対して、肉親であると言うことのために、他人に対するより以上に、辛辣な批判をする。青山さんは民吉を許すことが出来ない。つい、この間のことであるが、青山さんに、遺書と上書きしたものがある、と言って、和ちゃんが出して見せたのであるが、それによると、こんなことが書いてある。「遺言状。一、私は亡兄民吉の遺族に対しては、動産、不動産に限らず、何一つ、遺産として残さないことを誓う。二、私は兄並びに兄の遺族の墓のある寺には寝らない。昭和三十九年正月二十四日、青山二郎。霞町マンションにて、」

7

青山さんの極く子供の頃のことを知っている、と言う人は少い。或るとき、和ちゃんの知らせで、青山さんの小学校時代の同級生に、遠藤一郎と言う人がいる、と言うことが分った。新しい電話帳で、その名前のところを調べると、同姓同名の人が二十四人もいる。片っ端から電話をかけて見たが、要領を得ない。その中に、その人は港区の区会議員をしていた、と言う話を思い出し、港区の区役所へ電話をかけて見た。分った。しかし、外出中だったので、訳を話しておくと、間もなく、電話がかかって来て、いま、区役所に来ているので、帰りにうちへ寄っても好いとのこと。恐縮して待っていると、幾何もなく、大型の黒い外車が、うちの前に停った。遠藤さんである。青山さんと同年であるとすると、今年七十五歳の筈であるが、眼の前にいる遠藤さんは、六十をちょっと過ぎたくらいの、元気溌溂の人である。

「じいちゃんの家には、毎日のように遊びに行きました。二郎さんはじいちゃん、一郎の私はいっちゃん、そう呼び合っていたのです。じいちゃんの家へ遊びに行くと、いつ行っても、お母さんが、西洋菓子を盆の上に乗せて、持って来てくれたものです。」と、遠藤さんは話し出す。麻布の飯倉には、その頃でも、文明堂と言う菓子屋があって、カステラを売っていた。しかし、西洋菓子は銀座まで行かないと、売ってはいなかった。その西洋菓子が青山家では毎日ある、と言うことは、子供の頃の遠藤さんには、とても吃驚することであった。

遠藤さんの家は、徳川時代から何代も続いている、葛籠(つづら)を作る古い家として知られていた。しかし、何と言っても、職人の家である。大地主の青山さんの家とは、その生活に格段の相違があった。「じいちゃんの家では、われわれには分らない生活をしていましたよ。」と、遠藤さんは言う。元旦など、職人の家の子供である遠藤さんは、木綿の黒紋付に小倉の袴であるのに、青山さんの方は、黒羽二重の紋付に仙台平の袴を穿いて、学校へ行ったと言う。

当時、青山さんの家は、一ノ橋の角にあった。そこから、天現寺までの川岸の土地が、ずうっと青山家のものであった。家族の住んでいるのは、道路に面して建っている家の中で、そこから、一段低くなっているところへ階段を下りて行くと、はじめて庭へ出る。その階段の下を川が流れているのであるが、古川と言うその川は、当時はとてもきれいな、澄んだ水が流れていて、二人はよく、そこで網打ちをしたり、小さな鮒や鯉を釣ったりした。青山家には、いろいろな釣り道具が揃っていた。青山さんの釣り好きは、この子供の頃からの習慣か、と私は思ったものである。

遠藤さんの話によると、青山さんの父の八郎衛門は、背の高い人で、（ここでも私は、前に石原さんから聞いた、八郎衛門は背が低かった、と言う話を思い出す。）家の前に、剝製のオットセイを飾っていた。オットセイ丸と言う精力剤を自分で発明して、売っていたものである。「買いに来る人がありましたか、」と言う私の問いに対して遠藤さんは、「買いに来る人があったかなかったか、見たことはありませんが、」と答えて、次ぎのような話をした。オットセイ丸は看板だけで、八郎衛門の専念していたのは、不動産の売買ではなかったか。その頃、古川と言う川は、曲りくねった川であった。その曲りくねった川堤を真っすぐに補強するから、その余分の空間の土地を、青山家に払い下げてくれるように、と請願したと言う。この請願は成功した。八郎衛門には、それを成功させるほどの政治力があったからでもあるが、何事によらず、自分の利益になることには、眼はしが利いたからでもある。

「そうそう、じいちゃんと一緒に、島崎藤村の家へ行ったことがありましたよ、」と言って、遠藤さんは次のような話をした。その頃、飯倉に住んでいた藤村は、よく、遠藤さんの家へ葛籠を買いに来た。藤村も遠藤さんの親爺さんも、明治六年生れの同い齢で、よく気が合った。ときどき、藤村の家から電話がかかって来て、「伜を使いによこしてくれ。」と言って来ることがあった。ちょうど遠藤さんの家に遊びに来ていた青山さんも一緒になって、その使いに行ったものである。その頃、敷島と言う煙草があった。いまと違って、煙草を作る技術も劣っていて、二十本入りの一箱の中に、捲き方の柔かいのもあれば、固いのもある。藤村は柔かいのが好きであるが、遠藤さんの親爺さんは固いのが好きであった。藤村は柔かいのは自分で吸い、固いのがあると、別の箱にとっておいて、電話をかけては、子供の遠藤さんに持たせて帰したと言う。煙草の箱を抱えて、飯倉の坂道を下りて来る二人の子供の姿が、私の眼に浮ぶ。

遠藤さんの話はそれでお了いであった。あとで聞くと遠藤さんは、私の家へ来る前に和ちゃんに電話をして、どんな話をしたら好いのか、と訊いたとのことである。何でも隠さずに話して構わない、と和ちゃんは言ったとのことであったが、ひょっとしたら遠藤さんは、当らず触らずの話だけしかしなかったのかも知れない。私の家から帰って間もなく、遠藤さんは思いついた、と言うように、また電話をかけて来た。

「じいちゃんはとても将棋が好きでね、負けると口惜しがって、将棋の盤と駒を、窓から古川の川の中へ投げましたよ。」

8

青山さんの子供の頃の話を知りたいと言う私の気持は、どうも果せない。これは石原さんから聞いた話であるが、お母さんに溺愛された、と言う一つの例話として、こんなことがある。小学校の時分には、級中で一、二と言う成績であったのに、中学へ行くようになってから、まるで出来が悪くなった。学校へ行きたくない、行きたくない、と泣いて言うようになった。お母さんはそう言う青山さんに、「よし、よし、そんなに行きたくないんなら、行かなくても好いんだよ。」と言ったとのことであるが、もうそのときは中学の二年生にもなった、大きな子供である青山さんを、お母さんは一緒の寝床の中で、抱いて寝ていた、と言うのである。そのときにすぐ、学校をやめたのであったかどうか、まだ私にははっきりとは分らない。青山さんとどんなに親しい友だちであっても、青山さんは一体、中学を卒業したのか、しないのか、はっきりと知っているものはいない。いや、中学は卒業している。後年、日本大学へ行っていたことがある、と人が話していたと言うことであるが、この学歴のはっきりとはしていないことも、青山さんを語る一つの材料である、と私には思われる。

9

石原さんの話によると、青山さんは履歴書を書くときには、いつでも、美術学校卒、と書くのが癖であったと言う。もっと詳しく書いた方が好い、と言う人があると、好いよ、それだけで好いよ、と答えたと言う。青山さんは美術学校を卒業してはいない。しかし、美術に関して、あれだけの感覚と識見を持っていることから言うと、この詐称は罪がないばかりか、却って控え目であったのかも知れない。ひょっとしたら青山さんは、一種、洒落の気持で、そんなことを書いて、済ましていたのかも知れない。

前にも書いたように、青山さんは学校へは行きたがらなかった。行きたくはなかったのに、自分が学校へ行かなかったことについて、学歴コンプレックスとも言うべきものを持っていたのではなかったか。兄貴の民吉も東大を出ている。友だちの小林秀雄さんも河上徹太郎さんもそうである。周囲の誰彼を見ても、青山さんのような、中学中退と言うようなものは誰もいない。その中にいて、青山さんの気持の中に、「負けたくない」と言うようなものがあったとしても、不思議ではない。青山さんは学校へ行く代りに、本を貪り読んだ。哲学書が多かった。ひょっとしたら、その頃、哲学書をこんなに多く読んだ者はいない、と思われたほどであったと言う。

青山さんの書くことや話すことが、多少難解なのは、その影響であろうか。そうではない。青山さんのしていること、考えていること自体が、普通の人には分り難い。雨ときには難解であったり、また、ときには子供のしていることのように分り易い。雨が降っていて、障子にしみがつく。青山さんはすぐ筆をとって、そのしみの上を、赤や青の絵の具でなぞる。見ると、何とも云いようのない、不思議な模様が出来上る。

こんなことまで話をすると、人はどう思うか分らないが、青山さんには、どう言う積りであんなことをしているのか、と思われることがある。便秘の癖のあった青山さんは、厠の中に温い湯が出るようにしておき、湯の出る口にホースをつけておいて、それを肛門の中に入れて、便通をよくする工夫をしていた。「気持が好いよ。」と、人にも自慢していた。その工夫がだんだん嵩じて、のちには、そのホースを直腸から腸の中ほどまでさし込み、さっと一気に引き抜くと、腹の中にあったものが、一どきにわっと肛門から出て了う。「何とも云えない好い気持だよ。」と話すのが癖であったと言う。或る晩のことである。その新工夫の浣腸をやっていると、口の中から一匹の虫が出た。蛔虫である。青山さんはその虫を見て、おかしなことを思いついた。いま自分の口から出たばかりのその虫をコップの中に入れ、その上から湯を注いで、ちょうど人間の体内にあるときと同じ温度を保つために、体温器を入れておいて、一体、こいつは、何時間くらい生きているものだろう、と、じっと一晩中、見詰めていたと言う。ちょうどその朝、用があって、青山さんのところへ行った石原さんに、「いま死んだところだよ。」と言ったと言う。

青山さんの感情の中には、こだわったものが何にもない。いつでも無色透明である。そのために、何か考えつくことが、人の眼には突拍子もない、と思われるほど、却って奇異に見える。この話は、いつかの「文藝春秋」にも載っていたが、石油王国と言われるサウジアラビアでは、石油はこんこんと湧くかわりに、飲料水がない。まるでないのである。そこで、その飲料水と石油を交換したら、と言う話が出て、フランスのポール・エミール・ビクトールと言う一探検家が、南極の氷山を船で現地まで曳いて行き、それを溶かして飲料水にすると言う、奇想天外な企画を立て、重量、温度、諸経費の計算をして、ついこの頃、愈々実行にとりかかる段どりになったと言う。この話を読んだとき石原さんは、おや、この話はそっくり、青山二郎の考え出しそうな話ではないか、と思ったくらい、話の出来上り方が、そっくりそのまま、青山式であると思ったとのことである。飲料水がなければ、氷山を引っぱって来て溶かせば好い、と言うのは、青山式思考の序の口である。「どうだ。面白いだろう。」と言って、誰彼の区別なく、話して廻る青山さんの顔が見えるようだ、と石原さんは言うのである。誰でも知っている銀座のバーに、プーサンと言うのがある。青山さんはこれに、風さんと言う字を当てた。風に小さな。をつけて、プーと読ませる。ここら辺りも、青山さんの変転自在な思いつきの、一つではあるまいか。青山さんには損得の勘定がない。いや、それがあったとしても、所謂、世間智と言うものとの関聯がない。凡ての発想が直截簡明で、頭脳と心臓との間に、通せん棒をするものが全くないのである。

10

「私の名前は高市董生、董は骨董の董で、骨が正しい、と言う意味です。」高市さんはそう言って、自分の名前を紹介した。四国松山の、神官の家の出だとのことである。膝をお崩しになって、と私が言うと、「いや、子供の頃から、板の間に正座して育てられたものですから、」と言う。晴れた冬の日のことであった。高市さんは、青山さんの話をしてくれるために、わざわざ私のところへ来てくれたのである。「作品社と言うのがあったでしょう。そこの『作品』の会で、横光さんや川端さんや小林さんや河上さんと一緒になったとき、宇野さんにも、当然お会いする筈だと思っていたのですが、お目にかかりませんでしたね。」と言ってから、「私も二、三、小説を書いて、『作品』に出したことがあります。」と言う。見ると、六十を過ぎたばかりの人のようであるのに、もう七十だと言う。青山さんとは、四つ五つ年下であると思われるが、話は古い。

「四十年も前のことです。その頃、私は創元社に勤めていたのですが、社の退けるのを待ち兼ねるようにして、毎日のように、青山さんのところへ行きました。」高市さんの話には、ちょっと田舎訛がある。話すたびに、眼をくしゃくしゃにして笑う。

「青山さんは四谷の花園アパートに住んでいました。大抵、夜の十一時過ぎまでいたのに、それも毎晩のことでしたのに、青山さんは何にも言わないで、私の相手になってくれてたのです。アパートは四畳半と八畳の二部屋でしたが、四畳半が寝室で、八畳には茣蓙を敷いて、椅子が置いてあって、それに腰をかけて碁を打ちました。部屋のぐるりには棚があって、いろいろな瀬戸物などが置いてありましたが、その頃の私は、そんなものを見るよりも、碁ばかり打っていたのです。骨董が好きになったのは、ずっと後のことです。え、碁はどちらが強いかって。勿論私の方ですよ。私は三段でしたからね。いえ、賭けたりしたことはありません。賭けたら、私が勝ってばかりいたでしょう。二年くらいの間、通い詰めたのですが、一度として可厭な顔をされたことはありませんでした。もしかしたら、私が若かったので、青山さんがどう思っているかなどと言うことも、気にしていなかったせいかも知れません。え、その頃も、おくさんと二人きりの暮しでした。いまの和ちゃんではありません。和ちゃんの前の愛子さんと言う人で、このおくさんも、私が毎晩のように行ったりしても、いそいそと迎えてくれましてね。ご馳走してくれましたよ。」

「よく骨董屋が来ました。一番よく来たのは、いまの壺中居の伯父さんの不孤斎でした。或るとき青山さんが、大きな白磁の壺を抱いて帰って来たことがありました。提灯型の、下のところが、こう、垂れ下ったように脹らんでいて、高台が隠れるようになっている、好い形の壺でした。青山さんはそれを七十円で買ったと言いました。え、私もよく覚えてはいませんが、何でも大学出の初任給が七十円と言った頃ですから、いまの十万円に当るでしょうか。私は、へへえと思って、その壺を見ていました。『これは俺の臍だ。』と言ってね、そう、臍だと言いました。そして、さもいとおしむように、こう、両手の中に抱くようにしてね、これさえあれば、電話ボックスのような家の中に住んでても好いんだ、と言ってね、いや、小さな家と言うのを、青山さんはいつでも、そう言ってましたよ。その壺を、こう、ほんとうに抱いて見せました。島木健作だとか、小林さんだとかにも見せて、それは自慢にしていましたが、その壺を不孤斎が売らんかと言って、三日にあげず通って来たものです。『売らないよ。』と言って、断っていました。二ヶ月もの間、売れ売れと言って来るものですから、青山さんもしまいには怒り出しました。『人が売らんと言ってるのに、何だ。』と顔色を変えました。『では、いくらなら売ると言うのですか。』と言ったとき、ひょっとしたら青山さんは、相手を揶揄うような気でもあったのでしょうか。『二千円だ。二千円が鐚一文欠けても売らないから、』と怒った顔のままで云いますと、『買った。』と間髪を入れず叫んだと思うと、不孤斎は、懐から札束を出し、一枚一枚数えて、青山さんの前に置きました。呆気にとられたのは青山さんでした。『おい、買ったのかい。買ったのかい。』と言いました。眼の前で、こんな、二人の眼利きの人間が懸け引きをしている有様を見て、何にも知らない私まで、気を吞まれました。二千円と言う金は、買い値の七十円の凡そ三十倍、いまで言うと、二百五十万円と言うところでしょうか。『青山さん、私はこれで儲けようと思って買ったのではありませんよ。青山さんがこれほどまでに惚れているものは何か、それを勉強するために買ったのですよ。骨董は女と同じだ。抱いて見なければ分らない。あなたはよく、そう云ったでしょう。私もこれから、この壺を抱いて見るのです。』そう言って、不孤斎は帰って行きました。それから、何日くらい経った頃だったでしょうか。不孤斎は口の辺りにうす笑いを浮べて、青山さんのところへ這入って来ました。『あれは売れましたよ。私は一銭も損をしないで、二千円で売りましたよ。』不孤斎あたりで、売ったと言うことは、それは、その値で定った、と言うことなんです。そうですね、青山さんは、それをどこで見つけて来たのか分りません。繭山あたりではなかったでしょうか。少し青味のかかった、好い壺でしたよ。この白磁の壺のほかにもう一つ、いまでも眼に残っているのは、織部の菓子鉢でしたね。そう、これくらいの、」と言って、手でその寸法を示しながら、「絵が描いてなくて、濃い青い色の、何とも雄大な形のものでしたが、いつか、あの千駄ヶ谷のマンションへ伺ったとき、あれはどうなさいましたと訊きますと、そうだよ、関西の方で見たと言うものがあったので、俺も探したんだが、それきり音沙汰がないんだよ、と言うことでした。青山さんも行方が分らないと言うのは、どう言うときに手離したのか、覚えがないと言うことでしょうか。」

「いまでも思い出すと顔が赤くなるのですが、どう間違ったものか私のところへ、北海道で炭坑をやってると言う或る社長さんが、ひょっこり訪ねて来たことがあるのです。あれは昭和の何年でしたか、不況のどん底の頃のことでしてね、その社長さんの言うのには、この不況で、従業員に支払う給与の金が出来ない。この際、長年の間、買い集めて持っている骨董品を思い切って売り払いたいと思うから、ちょっと家まで、品物を見に来てはくれないか、とのことでした。私が見に行ったところでどうなるものでもないと思いながら、それでものこのこと、蒲田の社長さんの家まで従いて行ったのですが、殆んどが朝鮮物でね、宜さそうなものは何にもないんですよ。どうも、これは、悪いものばかりのようですね、と私は言いました。しかし、青山二郎と言う私の師匠に見せたら、好い悪いが一ぺんに分りますよ。一つか二つ見たら、持ってるものの、あとの全部が分ると、よく青山さんが言っていましたから、代表的なものを

四、五点持って行きましょう。そう言って、一緒に出掛けて行ったのです。『馬鹿！』といきなり怒鳴りつけられました。あれほど教えておいたのに分らんか。なぜ、こんな人を俺のところへ連れて来たんだ、と大声で叱りつけられました。しかし、社長さんに向っては声を柔げて、どうです、あなたはこんなものを二百点か三百点くらい持っているのでしょう、と言いました。へへえ、と社長さんは吃驚して、その通りです。どうしてお分りになるのですか。そうです。仰言る通りに二、三百点は持っています、と答えますと、青山さんはこう言いました。ほん物を集めている人は、極く少い数しか持っていないか、そうでなければ、吃驚するほどの数を集めているものだ。中途半端な数を持っているのは、大概、にせ物と決っている。そう言ったのを覚えています。青山さんに馬鹿と怒鳴られたのは、こう言う訳だったかと、骨身にしみて感じました。」

「田舎の人間が骨董屋に騙されるのは、こう言う手順だよ、と言って、青山さんが私に話してくれたのですが、まず、最初に骨董屋は品物を五つ持って来て見せる。その五つの品物の中で、ほん物は二つ、あとの三つはにせ物だが、最初に置いて行くときに、ほん物の二つにはとても安い値をつけ、にせ物には高い値をつけて売っておく。二、三ヶ月経って、またやって来て、好い買い手がつきましたから、あの中の二つだけ買い戻しに来ましたと言ってね、安い値をつけて売っておいたほん物の方を、売り渡したときの値の二倍くらいの値で、引取って行くのだよ。そして、その帰り際に、残りのにせ物の三つを指して、これも買手がついたら、また買い戻しに来ますが、しかし、これは、めったに出ない逸品ですから、お手離しにならないで、大事にしまってお置きになることですよ。そう言って帰って行くのだよ。これで、にせ物の方だけが、だんだん集って行くと言う寸法が分るだろう、と言うことでした。」

「これも古い話ですが、九州のどこかの藩の殿さまが、それまでに収集した品物の全部を売立てすると言う話で、貨車で品川駅まで一ぺんに運んで来て、それを鎌倉の或る会館で披露したことがあります。その道の専門家たちが集って品定めをしたとき、誰彼の別なく、讃めたものです。そう言う人の集めたものを、無碍にけなすことを憚って、当らず触らずのことを言ったときも、青山さんひとり、ぼろ糞に貶しました。会の世話をしてる人が、青山さんのそばに寄って来て、では、あなたは、この品物をひっくるめて、どのくらいなら処分出来ると思いますか、と訊いたとき、青山さんは、値はつけられないね。私には一品も欲しいものはない、と答えたとかで、その会のあったあと、間もなく、殿さまは病気になり、亡ったと言うことです。」

11

いつか、石原さんのところへ寄ってから、どのくらい日が経ったか。風のない、あたたかい冬の日のことであった。文藝春秋社へ行った序でに、私はまた、ビルの九階まで上って行って、石原さんを訪ねた。「また、神経痛が起りましてね、」と言うことであったが、見ると、元気な顔つきであった。「どうも、じいちゃんのやってることは、あれは凡て、じいちゃんの凝り性が嵩じて、ああ言うことになるんですよ。じいちゃんの奇行は、凡て凝り性の結果なのですよ。」と前置きして、石原さんは次ぎのようなことを話し出した。

青山さんの長風呂は有名である。或るとき、あんまり出て来ないので、和ちゃんが風呂場の戸をあけて見ると、青山さんは手拭いに石鹸をつけて、足の指の間に挟み、両手でごしごし引っ張っては、また次ぎの指の間に挟み、また次ぎのに挟む。一ぺん済んだ筈の指に、また挟むと言う風に、いつお了いになるか分らないのである。こんなことは珍しくはない。いつか痛風になったときも、薬をつけているのを見たが、あの風呂場で、手拭いで一本一本こすったときと同じように、済んだところへまたつける。一本一本ずうっとつけて行って、皮が剝けて、血が出るまでやる。普通の凝り性ではない。皮が剝け、肉が現れて、血が出るまでやるのである。これは、ちょっと可笑しいのではないか、と言うところまで、凝って了うのである。青山さんが瀬戸物に味をつける工夫をしているのは、人の知っていることである。新しく買って来た織部に油を塗り、火で焙って、にゅうを作り、それを、紅茶その他を一緒くたにして煮立てた汁の中へつけ、また火で焙り、またつけて、火で焙り、飽くことなく繰り返す話は、前にも書いてあったが、大切にしていた古い瀬戸物の上にも、同じことを試みて、失敗することもある。あの話の中にも書いてあったように、青山さんはその方法で、にせ物を作って喜んでいるのではないのである。一種の、青山式創作を試みているのである。これでもか、これでもかと、試みているのである。人の眼には、これが狂気の沙汰であるように映るのである。

　青山さんの一緒に暮したことのあるおくさんの中で、いまのおくさんである和ちゃんを、一番愛していることは周知の事実であるが、女の人を愛するにも、世間普通の有様とは全く違う。いまでも眼に浮んで来ることであるが、あれは戦争の末期か、戦後すぐのことである。伊東の海岸で、その頃まだ、十五か六であった和ちゃんを抱いて、じっと海の方を向いたまま、まるで無念無想と言う顔つきのまま、何時間も坐っているのである。いや、あれは、抱いていたと言うのではない。親猿が子猿を抱いているように、和ちゃんの体も海の方へ向けたまま、じいっとしているのである。海岸のことであるから、勿論、おおぜいの人が見ているかも知れないのに、そんなことは眼中にないのである。あのときの青山さんの顔つきも、凝り固まった人の顔だったと、いまになって思うと言うのである。

「じいちゃんのしてることは、この凝り性が凝り固まって、人が見ると、狂人かと思われるのですよ。」と言う。この石原さんの言い方が、私にはよく分るような気がする。狂人かと見えることとの凡てを理解し、同感すると、そこで青山二郎の姿が見えて来るのではないだろうか。私は石原さんと別れて、ビルのエレベーターを降りながら、ふと、そんなことを考えた。

12

うちへ帰ってから私は、私の机のぐるりに置いてある青山さんの日記、その他の書き崩しの中から、手当り次第に、或る一枚を拾い出しては読んで見る。これはずっと以前から、和ちゃんに話をして、青山さんの家から借りて来てあったものであるが、これらの書き崩しの或る一枚にも、そのときどきの青山さんの気持が、眼に見えるように書いてあるので、何となく、青山さんと話しているような気がするからである。

「金がなくなって、いよいよ絶体絶命になってから、二年もった。この二年間は、一生の中で、一番長かった。そして、いまから考えると、一番愉しかった得意時代と言うものは、一瞬の夢だった。が、順調であったときの、あの友だちの笑顔。あの笑顔が見たいばっかりに、俺は破産して了ったようなものだ。あの笑顔……。無理もないさ。誰だって、困っているから、にこにこするのだ。俺はただ、友だちを堕落させただけだ。そして、自分を破滅させただけだ。愉しかったときのことを振返って、せめて、にこにこして死のう。」

二年もった、と言うのは、二年ほど保った、と言う意味であろう。鳩居堂製の、半ぺらの和紙の原稿用紙に書き流したものであるが、この紙の古びた色や、これの混っていた前後の、やはり似たような書き崩しの模様などから推して、たぶん、昭和九年か十年か、青山さんの三十四、五歳前後に書かれたものと思われる。昭和八年の八月二十九日に、お母さんが亡くなっている。青山さんの唯一つの金の出どころであるお母さんが亡くなって、一体どうして生活を立てて行ったら好いか分らない。お母さんの死は青山さんにとって、金の出どころがなくなったばかりではなく、言って見れば、生きている気力の大半が失われた。この頃の青山さんは独身ではなかった。その結婚生活の全部をお母さんから支給される金によって賄っていたのに、それでもなお、青山さんにとって、金は大切なものではなかった。その大切ではないもののために、大切なものが失われる。いよいよ絶体絶命になったときの、これが、青山さんの自己嫌悪の結論であったろうか。「友だちを堕落させ、自分を破滅させただけ、」と言う絶体絶命の生活がどんな顔をしたままで行われたか、私はいま、眼の前に見ているように分る。青山さんはどんなときにも、あの、モナ・リザの面上に浮んでいるような笑顔を崩さなかったし、「ああ、俺は遣り切れない。」などと言う音も上げなかったに違いない。

「俺が中原につき合っていると、小林は笑う。竹田が中原とつき合っていると、俺が笑う。小沢が中原につき合っていると、竹田が笑う。中原が玉突きをすると言って、小沢が笑う。中原とはそう言う男だ。しかし、中原は中原で好い。他人が口を出す手はない。捲き込まれる奴が笑われるだけだ。他の男にはそう言う点がないのだから、友だちは友だちとして会えば、それで嬉しいのだ。中原が小沢を待構えてしゃぶっているのは勝手だが、中原対おけらの関係に、こっちもつき合わされるのは、一番困ったことだ。中原対小沢の関係は、双方が侵されないから、どちらも得の行く点だけでつき合っているのだから、好い。自分は酷く小沢に侵され、中原に侵され、地獄に墜ちたような気持になる。こう言う時間が一番辛い。中原は人には人生はとか、芸術はとか、しゃべっていなければならない男で、手ぐすね引いて聞き手を待っている、と言う風な男だ。打っつかって相手になった男が、中原から評価され、時間を奪われる。中原のおけらを見よ。友だちと言うものは、詰らない、擦れ違っただけの人間かも知れない。中原はこれを雑音だと言う。中原にして見れば、友だちは中原の言う通り紙屑籠なのだろう。中原は屑屋を相手にして、屑屋から何かせしめるほかはないのだろう。あとは知らない。ただ俺は俺の時間を惜しむから、こう言うまでの話である。」

中原と言うのは中原中也のことである。中原中也については、何にも知らない私は、ここに書かれた青山さんの言葉によって、生きていた頃の中原中也を想像する。青山さんにとって、友だちとは何であったか。これら、青山さんの日記その他に現われている友だちの姿を追って、それらの友だちの姿に投影している青山さん自身を、また、青山さんの中に投影している友だちの姿を、私は見るのである。

「相手欲しさの中原中也。（この中原中也と言うところ、てんさい児、と言うルビが振ってある。）ご尤もな綿入れの唇。青山八郎右衛門、伊藤駿一、柳宗悦よりは好い。よりは好いだけ。山高きが故に尊からずサ。中原の話を聞いてやっている間は、わが家の生活力が減退する。朝から晩までの入り浸りになると、こっちはエネルギーの組打ちだ。中原は俺に捧げる詩を書いているそうだ。好い加減、嘗められているだけなら我慢も出来るが、その上、おだてられたり、おべっかを使われたりしては。我慢は出来るだけするのが身のためだから、我慢はするが、しかし、それを見せられたとき、何と言って挨拶したら好いのだ。こりゃあ好い。ほんとうのことだ。俺が書けている。詩のことは分らないが、俺の姿が透き通って出ている。ほんとうに、俺はこうだ。うん、実に立派だ、とでも言ったら好いのか。大岡のことを中原がお世辞使いだと言ったとき、大岡も中原をお世辞使いだと言った。使われたことになっている俺は、二人の間に這入って、喧嘩の引分けをしなければならないのか。中原は巧く言えるだけだ。俺は巧く言えないだけだ。賞めて貰いたいために生きているんじゃ、ねえ。巧くやるために生きているんじゃ、尚ねえ。」

ご尤もな綿入れの唇、などと言うふざけた表現の中に、中原中也に対する青山さんの言い知れぬ、しかし微かな憤懣が見える。中原中也の唇が、綿入れみたいに、ちょっと脹れてでもいたのか、と私は思うのであるが、それにしても、青山八郎右衛門、伊藤駿一、柳宗悦などと、友だちの名前と、自分の父親の名前とを一緒くたにして、それらの人間よりは、中原中也はましであるとは、どう言うことなのか。どの友だちに対しても、本心を現わさない青山さんの顔色に、一体、どんな本心が隠れているのか、本心などと言うものはないのかと思われ、しばしば、それらの友だちたちは、ちょっとの間くらい、傍若無人の振舞をしても好いと言う錯覚に陥る。

「ためになる話で一ぱいやるか、と言われても、機嫌の好い日もござる。朗らかに飲み明しましょうよ、あーサン、と言われても、ゲロを吐く日もござる。やれやれ、たまにはひとりで飲もう、と言って、哀しい日もござる。酒にするのが一日早いようだ、と言って帰って来て、疲れる日もござる。中原と酒を飲むより、中原と会って、酒になったあとで、酒を飲みたい。中原は退屈すると、人が食いたくなる鬼だ。うまい、まずいの区別があろうか。俺のところに来て、巣を張っている蜘蛛。一列一体に、エスカレーターに腰打ちかけた本虫ども。歩きさえしなかったら、ご順に天国まで昇りつめるとでも思っているのか。俺は横町の拾い屋だ。人生俺だけが、一目見たものを見つけてやる。」

酒を飲まない私には、揺れ動く酒飲みたちの微妙な気持は分らないが、青山さんの言っていることはちょっと分るような気がする。相手に対して叩きつけたい気持は、いつでも、心の奥深くに隠していて、平気を装っている青山さんの顔が見える。一列一体に、エスカレーターに腰打ちかけた本虫ども、とは、青山さんのあの、学歴コンプレックスが言わせた鬱憤ではないのか。エスカレーターに腰打ちかけて、ご順に天国へ昇りつめられると思っているのは誰だと言うのか。この辛辣な観察も、心の奥深くに隠していて、俺だけが一と目見たものを見つけてやる、と言うのが、青山さんの隠れた本心なのであろうか。

日記帳と書いた或る一綴りがある。しかし、日記帳ではなくて、雑記帳とも言うべきものかも知れない。障子紙の倍もありそうな、大きな和紙を二つ折りにして、太い紐で綴じてある。表紙には、例によって陶画のような、大輪の赤い牡丹の花が描いてある。昭和八年、第一冊、と表紙にまで書いてあるが、第二冊も第三冊もある訳はない。その第一冊の表紙をめくって、最初の一頁に、几帳面に書いてあるのは、借金の覚え書である。

一金九拾参円四十四銭也　築地待合清瀬十二月分二度
一金拾九円也　日本橋バア、ウインゾアー十二月分残金
一金七円也　銀座バア、エスパノール十二月十五日頃、忘れた。
一金参円也　銀座おでん屋おつな女房酒代
一金百拾六円八十八銭　浅草待合老松十二月残金

一金七拾六円　銀座お慶ずし十二月分鮨代及酒
一金百参拾円也　築地待合大和十二月分二度
　右昭和八年へ繰越し

と、実に律義な筆蹟で克明に記してある。たぶん、昭和八年の始めの、新年から間のない頃に書いたものと思われるが、まだお母さんが生きていて、金はどうにでもなった頃のことであったとしても、この借金の額面は、胆に銘じて忘れない、と言うところだと思われる。これはずっと後になっての話であるが、青山さんは戦後ずうっと伊東に住んでいた。その伊東の自宅の風呂場のガラス障子に、やはり、この雑記帳の借金表と同じように、克明に墨で、どこの待合に幾ら幾ら、どこのバーに幾ら幾らと、列記していたと言う。伊東の風呂は温泉であるから、自分も朝晩這入ってそれを見るし、また風呂を借りて這入りに来る客も見る。それらの借金は、決して忘れない、忘れてはならない、と言う、胆に銘じた覚え書である。「それが、じいちゃんの良心なのですよ。」と、私にその話をしたときに、笑って石原さんが言ったものである。それらの借金は、遊蕩費である。自分ひとりで遊蕩をすると言う習慣の少かったに違いない青山さんであっても、それらの借金は、誇張して言えば、魂を売った代金である。

人に、ただ金を借りた場合には、いつでも、それを返すことを忘れ去っていられる青山さんであるのに、この遊蕩費の支払いにだけ、これほど骨身にこたえて記憶していようとしたことは、青山二郎と言う人間の、一つの特徴である。

13

六本木から狸穴(まみあな)へぬける通りに、「はん居」と書いた標札が、黒板塀の門柱に掛けてある家がある。そこが、地唄舞の舞踊家であるおはんさんのやっている料亭であることは、誰でもが知っていることである。いまから二十五、六年前、私が木挽町に住んでいた頃、おはんさんもまた、近くに住んでいて、互いに往き来したことがある。短い間のことであったが、お互いに好きな着物やその他の話などして、或るときには、家に上り込んで、日の暮れるまで帰らないこともあった。おはんさんはその頃から、徳川時代の古い櫛、笄(こうがい)、簪(かんざし)などを、吃驚するほどの夥しい数のものを集めていたが、それを自慢する風ではなく、何気なく拡げて見せてくれたりした。私はその頃、きものの雑誌の編輯をしていた。おはんさんに、写真のモデルになって貰ったり、秘蔵の着物を貸して貰ったり、ときには特殊な着物を作る職人を紹介して貰ったり、友だちと言うよりは、きものの相談相手として、つき合っていたものである。ただ、そそくさと露路裏を歩いていたりしても、その姿が、そのまま絵になるような容をしていたのは、その頃も、いまも変りはない。そのおはんさんが、青山さんのおくさんであった、などと私が知ったのは、そうだ、それから随分経ってからのちのことであった。しかし、そのことを知ったのちも、私は青山さんに会ったとき、「あたし、おはんさんとは随分近しくしてつき合ってたことがあったのよ。」とも話さなかったし、また、おはんさんに会っても、「あなた、青山さんのおくさんだったそうですね、」とも訊かなかった。

だから青山さんとおはんさんの結び付きに就いては、私はまだどこからも話を聞いてはいない。例によって私は、私の机のぐるりに散らばって私を囲繞(いにょう)している、青山さんの日記その他によって、極くたまに散見しているおはんさんの名前を拾って、おはんさんに対する青山さんのそのときどきの気持を、自分流に推測するだけのことである。昭和五年五月の欄に、「幸子、灘万と来る。」と言う一行がある。幸子と言うのはおはんさんの本名で、灘万と言うのは、その頃、おはんさんが寄寓していた木挽町の料亭の名前である。これが、青山さんの記録におはんさんの名前が現れた、最初の日ではなかったかと思う。同じ年の十一月に、「結婚して、一之橋の長屋に住む。」

と言う一項がある。結婚して、と言うのは、勿論おはんさんと結婚したのであるが、一之橋の長屋と言うのは、普通の長屋と同じように、狭い間取りの家であったかも知れないが、青山さんの生家である麻布新広尾町の同じ敷地内に建てられた家のことである。ここでちょっと私は、青山さんのおかしな習癖について書いておきたいと思うのであるが、青山さんは自分の住むところに関しては、極端に無関心である。いかにも青山さんの家らしいと思ったのは、あのマンションのビラ・ビアンカだけで、いつでも粗末な家の中に雑然と住んでいる青山さんが眼に浮ぶ。麻布から青山一帯にかけての大地主、と言われた家に生れた息子であれば、どんな家に住んでいようと平気かも知れないが、生家の敷地内に建てた棟割り長屋で、おはんさんとの新婚生活が始められたとは、いかにも青山式であると言う気がする。しかし、青山さんの戸籍にこの結婚のことが記入されたのは、昭和七年の一月二十日で、武原幸子と婚姻届出となっている。それによると、幸子は明治三十六年二月四日生れであるから、青山さんとは二歳の年下である。昭和五年の十一月に青山さんと結婚したときには、青山さんは二十九歳、おはんさんは二十七歳であったことになる。

そのときから三年経った昭和八年の一月に、「母病気になる。女房と喧嘩して待合にいる。」と言う一項があり、同じ年の八月二十九日に、「母死去。」とあって、それから半月経った九月十五日に、「新宿花園アパートに移転。家賃三十一円。敷金百五十円。夫婦別居。女房は灘万。」とある。戸籍に武原幸子と協議離婚と記載されたのは、昭和九年十一月二十九日であるが、しかし、昭和五年の五月におはんさんの名前が始めて現われてから、昭和八年の九月に別居するまで、三年四ヶ月しか経っていない。その三年四ヶ月は長い間のことのようでもあり、忽ち過ぎ去ったことのようでもある。青山さんとおはんさんとの結びつきも、また別れ方も、私には皆目事情は分らないが、しかし、この二人が特殊な人間であったからと言っても、格別のことではなく、どんな男女の間にも現われる同じような経過であったに違いない。それにしても、双方からの言い分ではなく、例によって青山さんの書崩しの中からだけ拾ったものの材料であるから、おはんさんにとっては、片手落ちになる嫌いがある。「海から帰って来て、すぐ女房と別れた。経緯もあるが、訳はお察しの通りだ。女房は亭主をかばい、亭主は女房をかばった。双方が相手の仕合せを希った。間に立った人は、これをどうすることも出来なかった。いろいろ言ってくれた人もある。しかし、血が通っていないので、夫婦を引き止める力はなかった。とうとう、匙を投げました。悪い女房ではない。悪い女房なんて、あるもんじゃあない。僕だって、悪い亭主じゃない積りだ。いろいろ言ってくれた人もあったが、しかし、どんなにほんとうらしく言われても、僕の正しさに間違いはなかった。こう言うとき人の言うほんとうらしい言葉には血がない。女房の好い点しか、僕は思い出さない。しかし、一時間一緒にいたら、僕は腹を立てている。そう言う女だ。五年の間一緒にいても、馴染でしかなかった。或る取引でしかなかった。」と書いてある。しかし、ここで私は不思議なことを考える。多くの友だちと交わって、あれほど自己をひた隠し、どんなに腹の立つことがあっても、顔色にも出さなかった青山さんが、この究極の生活で、我慢をしないことに決定した、その究極の究極は何であったか。女房にだけは我慢をしたくない、と言う、一世一代の憂さ晴しであった。その憂さ晴しが許容されると思ったほど、女房には気を許していたのではなかったのか。前に書いた借金表の中に、一金参円、おでん屋おつな、女房酒代、と言う項目がある。青山さんの書き崩しの中にか「女房、夜中に雨戸を叩くこと、」と言う項目があって、或る夜、酒に酔ってそとから帰ってきた女房が、小一時間も雨戸を叩いたが、正月中のことで、女中は前日の疲労のために、仲々起きない。隣家の人が見兼ねて、女中の寝ている部屋の雨戸をそとから叩き、やっと起してくれた。この「女房、夜中に雨戸を叩くこと、」と言う項目を、さもおかしそうに記しているところを見ると、青山さんはおはんさんが酒を飲んだりしたくらいでは、びくともしなかった。「一時間一緒にいると腹を立てる、」とは、どう言う場合のことなのか。

この青山さんの感想が当っているかどうかは、誰にも分らない。結婚生活が究極に来た場合、覚めた男の胸に浮ぶ感想であった場合に、他人がどう嘴（くちばし）を挟むことがあろう。五年の間一緒にいても、と書いてある。前述した三年四ヶ月よりもながいのは、或いは結婚生活に這入るまでの間、往き来していた期間があったと言うのか。

私はここで、いつか、おはんさんの書いた或る新聞の連載記事のことを思い出す。おはんさん自身の筆になった回想記なのであったが、確かに青山さんとの結婚生活だと思われる期間のことを、「或る地主の息子と結婚した。お母さんに大切にして貰ったことを、いまも忘れない。しかし、生活費がなくなるたびに、そのお母さんのところへ貰いに行かせられた。このことだけが苦労であった。」そう言うことが書いてあった。おはんさんはこの場所で、その結婚生活の相手を、ただ地主の息子とだけ言って、青山二郎であることを、一言半句も書かなかった。三年なり五年なりの間、生活をともにした相手の名前を省略したのは、青山さんに対する何かの遠慮なのか。少くとも、おはんさんの生涯の間の特筆すべきこととして、或る配慮を超えても、名前を書いておいて貰いたい、と私は思ったものである。

つい、一、二年前、私は或る外人を「はん居」へ案内したことがある。その外人は日本のことが好きで、前から、地唄舞の名手であるおはんさんに、ぜひ一度会いたい、と言っていたからであった。始めてそこへ足を踏み入れた私は、打水をした敷石を踏んで店の中へ這入ると、床においてある置物、花器、掛け軸、その他座布団の類に到るまで、「あ、これは青山二郎のもの、」と思われるのを直観した。やがて、食事になって、膳の上に運ばれる皿小鉢、碗の類まで、どこかで見たことのあるもの、と私の眼に映るほど、青山二郎の匂いがあった。どこでも一流の料亭と言われているところで出される、見てくれの好い金ピカものとは、全く類を異にしたそれらのものを見たとき、そこに残っているのは青山二郎の遺産、と言う気がしたのを思い出した。ただ、地主の息子、とだけ書いて、青山二郎の名を省略しても、おはんさんの中に残っている、こんなにも根強い青山さんの影響を見ると、何とも言えない感慨を持ったものである。のちに聞いたことであるが、今度、青山さんが病気になったと言う話を客の一人から聞いて、おはんさんはその日から、その青山さんのために、毎日、神棚に膳を供えていると言う。

14

三宅艶子さんと私とは古い友だちである。何度も書いたことであるが、三宅さんのお母さんの三宅やす子さんと友だちであった私は、やす子さんが亡ったあと、その娘の艶子さんと友だちになり、また、その娘の三宅菊子さんとも友だちになった。親子三代に亘る女流作家の、その何れとも、対等のつき合いをしている、と言うことは、世にも珍しいことであるが、中でも艶子さんとは、五十二、三年の長い間、つき合っている勘定になる。つうと言えばかあと答える間柄の友だちであるのに、その艶子さんに、青山二郎の話を聞こうと思ったことは一度もない。私がその話を書いていることは、とうに知っている筈なのに、艶子さんも自分の方から、「私もいろいろ知っていることがあるのよ。」などと言ったことはない。そんなことを口にするのは、何となく差し控えたいような、そんな気持を持っていたのかと思うのであるが、或る日、例によって、青山二郎の古い書き崩しの原稿を読んでいると、青山さんが野々上さんと別府へ行く相談をしているとき、その費用のことで言い争いになり、「伊集院なぞ怒鳴りつけられ、阿部夫妻も驚いていた。」と書いているところがあるのを発見して、私はふいに艶子さんに会う気になった。阿部夫妻と言うのは、阿部金剛とその夫人であった艶子さんとのことであるが、艶子さんはこの話のあった昭和十一年の頃、青山二郎の三十五歳の頃のことを知っていたのである。

　艶子さんはいま、牛込揚場町のセントラル・コーポと言うマンションの二階に住んでいる。人を訪問する習慣の少い私は、もう何年となく、ここへも来ることがなかったが、艶子さんの居所へ上る階段を裏手から上って行くと、扉が開いて、艶子さんと一緒に、毛むくじゃらな犬が出て来た。私は犬が好きではない。好きではない、と思ってはならない、と思いながら、わざと構わないような風をして、狭い通路を這入って行くと、犬は私の気持を知っているように、わざとのように足許にまつわりつく。「人間で言うと百歳以上になる老犬なのよ。眼も見えないのに、それでも女の人が来ると、こんな風なの。それもジーパンを穿いたりした人ではなく、女っぽい人が来ると、なおそうなの。」今日は、とも、暫く、とも言わないで、すぐにこんな話をするのが、私たちの習慣なのである。女っぽい人と言うのは、私のことである。艶子さんはこう言う言い方をするのが巧い。この犬は北京ニーズと言う種類で、むかし、西太后が飼っていたものだとか言うことであるが、犬の好きではない私にも、それが何か特殊の犬であることは分る。部屋に這入って、カーテンの傍の深い長椅子に腰をかけると、犬も私の足許に頭をこすりつけるようにして、うずくまる。ときどき顔を上に向けて、見えないと言う眼で私の眼を見上げるようにしながら。

もう、十年の余もここへは来なかったのに、昨日も来たように錯覚するのは、この部屋の中の、うす暗く、適度に散らかっていて、古ぼけているのが気持を落付かせるからである。大きな卓子と大きな壁一ぱいの飾り棚が置いてあるのに、それが置いてあるとは人に気付かせない。部屋の主人公である艶子さんも、この部屋に合せたように、適度に歳とっているのも気持が好い。

その頃艶子さんは阿部金剛と一緒に隠田の表参道に住んでいた。「夜逃げでもないけど、」と艶子さんは、そう言う言い方をしたが、それまで住んでいた成城の家を借金の抵当にとられて、あちこちへ転々と越したあと、そこに落付いた。焼け残って、いまもあるが、白い教会があって、その教会の向いが艶子さんたちの借りた家であった。私はその頃、まだ東郷青児と一緒であったが、自分だけ別の家を借りて仕事をしていたりしていて、つまり、別居寸前と言う頃であったと言う。自分のことでも、はっきり記憶していない私に代って、艶子さんはこんな風に憶えていてくれるのであるが、その教会の向いの家に、艶子さんたちは三年くらいいて、その間にも、私もそこに行ったと言うのにこれも記憶がない。艶子さんたちの家の三軒か四軒さきに、その、野々上さんの家があった。

野々上さんと言う人は、広島の、大臣にもなったことのある或る有名な人の弟で、何でも野々上さんだけがお母さんの実家のあとを継いだとかで、野々上と言う名前なのだそうであったが、お父さんが世にも聞えた金持で、広島でも瀬戸内海の島を幾つも持っていたり、また、別府にも別荘があったりした。地獄とか言う名前のある温泉場の観光地も、お父さんの持ち物であったとか。

それで、どう言う訳でそう言う話になったのか分らないが、野々上さんが骨董屋になりたいから、青山二郎に師匠になってくれと言う話があって、それにはよっぽどの金を出さなければ駄目だと言うことになって、その頃の金で、五万円であったか十万円であったか、家が何軒も建つような金を持って、別府の松本別荘と言うところへ、そうだ、松本と言うのが野々上さんのお父さんの名前であるが、まず、瀬戸物修業の手始めとしてそこへ出掛けると言うので、一緒に行かないかと言って、野々上さんと青山さんが艶子さんたちを誘いに来た。

その頃、阿部夫妻はときどき阿部金剛の画の展覧会をしに、よく九州へ行っていた。大分には知ってる人があったが、別府なんかでどうかな、と危ぶんでいると、やりゃア好いじゃないか。売ってやるよ、と青山さんが言ったりして、金剛さんもその気になったりして、とうとう四人で別府へ出掛けて行ったのは好いが、その松本別荘で生活するのに、四人の賄いを艶子さんに引受けさせると言うことになって、何でも一日五円だとかで、その五円でみんなで飲む酒も買うと言うのである。「それは昭和何年頃、」と私が、つい口を挟んだ。「菊子がまだ生れていないから、昭和十一年頃、」と艶子さんが答えると、私の頭に、ぱっと或る風景が思い浮ぶ。どう言う訳か分らないが、その昭和十一年と言う年が、私と東郷との別れた年で、私が外苑に近い小さな二階家に越して行ったときだと言うことが、私の頭にはっきりと残っていて、その二階家から省線、そうだ、その頃は省線と言った、その省線電車が眼の前に見えた。私は何の関聯もなく、つい、うっかり東郷のことを口に出すと、艶子さんも同じように「あ、そのことで、間でちょっと余分なことを言うと、余分なことを言っても好いでしょう、」と断ってから、その話をしたのである。

艶子さんのいた隠田の家と言うのが、表参道の広い通りだから、通りかかった人がわあっと寄って来るような家で、或るとき東郷が、新しい夫人をつれてやって来て、金剛さんに、三人で一緒に雑誌を出さないか、と言って話したことがある。好いねえ、面白いねえ、と金剛さんが言ったりしたが、その話はそれきり実現もしないし、ゴシップにもならなかったのに、あとで誰かにその話を聞いたと見え、別れて間もないのに、新しい夫人と雑誌を出したりするとは何事、と言って、とても私が怒って、それからあと、艶子さんが私の家へ来ても、奥で私の声がしているのに、居ないと言って会わなかったり、それがどうしてそうなのか、艶子さんの方では、まるで心当りがなかったと言う。しかし、私がそのことで、そんなに腹を立てたとは、どうしても思い出せない。昔のことで、いかにもありそうなことであるのに、自分はそんなことでは腹を立てない、と私は思い込んでいたので、この余分の話は、どうにもばつが悪かった。

話がもとへ戻るが、艶子さんの隠田の家と言うのは、五十五円の家賃なんだが、西洋人が住んでいたりしたことがあって、ちょっといまのセントラル・コーポのこの部屋に似た部屋があって、何だか居心地がよくて、いま通ったら明りがついていたから、などと言って、人が寄ったりした。その頃、林房雄だの、三好達治などが人の家へ来ても、今日はもう遅いから寝たのよ、などとは言えないで、そのまま夜明しになる、と言うようなことが流行っていた。或るとき、その林房雄から、「いま、すぐこの近所にいるから、この手紙のところへ来て下さい。」と言って、きれいな女の子に手紙を持たせて、使いによこしたことがある。それが始めて見た野々上さんの家であったが、その辺りには小さな家は一軒もなくて、いまではないような宏壮な家ばかりで、その中でも一番結構な邸と言うのが、野々上さんの、そのお父さんの家なのであった。

　その頃、野々上さんは本郷で文圃堂と言う出版社をやっていて、「文學界」を出していたから、その仲間である林房雄や何かが、よく来ていた。小さな、男の子みたいな印象の人であったが、その文圃堂の主人でもあるので、「二人とも仲よくしろよ。」と林房雄が言ったりして、それからは、野々上さんも艶子さんたちの家へよく来るようになった。好い着物、着ているねえ、と言うと、これは青山二郎に貰ったんだと言うし、また、或るとき野々上さんの家に、古九谷、古九谷の偽物だと言うことだが、本物よりももっと好いと言う鉢があって、それも青山二郎に貰ったんだとか、青山二郎に教えられて買ったんだとか言う。青山二郎と言う人は、金剛さんはそれよりずっと前からよく知っていたが、口を利いたことはなかった。金剛さんの同級生で、石丸さんと言う人がいて、柳兼子の妹がおくさんであったが、瀬戸物好きで、そこへ行くと、いま青山が帰ったところだとか、青山がこう言ったとか、青山二郎のことはいろいろ聞いて知っていた。知っていて、金剛はとても嫌っていた。嫌っていたと言うのが、あとで考えると、スケールは違うんだけど、あんな悪い人と言うか、あんな好い人と言うか、その両方とも二人にある、その両方が阿部金剛と青山二郎はどこか似ていたのであった。似たもの同志の或る感覚で、金剛さんは食わず嫌いみたいに青山二郎を毛嫌いしていて、青山二郎の持ってたものならいらない、とか、また青山二郎かと言って怒ったりする。野々上さんが来て、青山二郎の話が出ないことはないからである。艶子さんもその話を聞きたいし、金剛さんも聞きたいのに、聞くと怒ったりしていた。

そう言う矢先きに、野々上さんだの河上さんだの青山さんだのが、新橋の小竹と言う待合で飲んでいるから、この車ですぐ来るように、と言って、使いをよこした。その頃は、野々上さんの家のような大きな邸にはあったけれども、どこの家にも電話と言うものがないから、ハイヤーに手紙を持たせて来たものである。阿部金剛にも来ないかと言っては書いてないし、青山二郎を可厭がっているから、艶子さんだけがひょこひょこ行ったのであるが、行ったらその席に、阿部金剛があんなに可厭がったり怖がったりしていた青山二郎がいて、艶子さんが見ると、あんなに小柄で、ちっとも可厭でも怖くもなくて、怖くはないが、最初から、とてもぴったりしたことを言うかと思うと、とても見当違いなことも言ったりする。喩えば、お前は金剛を嫌っているのに、好きなような風をしてるんだろうとか、始めて会った人に、そんな度胆を抜くようなことを言ったりして、言われた方はぎょっとするのであるが、それが当らなくても吃驚するし、何てこの人は、こんなにくにゃくにゃしてるような風なのに、いきなり、こんな鋭いことを言うかと思うと、その中に、ふっと、まるで見当違いのことが混っていたりして、それらのことが、艶子さんにはとても面白かったのである。

しかし、深田久彌とか河上徹太郎とか、大ぜいそう言う人たちが集って、小竹で夜明ししていて、中毒したみたいになっていた状態も、末期症状であったらしく、可厭になって止めた人もあるし、仕事が出来ないからと言って来なくなった人もあるし、その中で、大岡さんと艶子さんだけが、一番みそっかすみたいに、いつでも呼ばれて行っていた。河上さんと青山二郎が払いをしていたらしかったが、艶子さんは女だし、大岡さんはまだ金がとれない頃のことで、二人だけが払いをしなかった。そのうちに、阿部金剛も小竹へ来るようになって、みそっかすの中の及第生みたいな恰好で、仲間に入れて貰えるような貰えないような具合であった。そう言う中毒騒ぎがずっと続いて、今日帰って来たと思うと、もう、呼び出しの車は来なくても、何か、どう言う手立てでそう言うことになるのか、また、どこからか来いって言って来る。木村庄三郎と青山二郎と河上徹太郎と笠原とか言う艶子さんのよく知らない人などが、一緒になって飲んでいたが、その頃、噂に上っていた睦子と言う銀座のバーの女の人が来ていたりして、別のとき、その睦子、みんなは睦子と呼ばないで睦ちゃんと呼んでいたが、睦ちゃんが来ないときには、それぞれの奥さまたちが来ると言う風なのに、艶子さんだけは、その奥さまたちのときも、また、睦ちゃんの来るときにも呼ばれたし、その頃の青山さんの奥さんである愛子さんも、そのどちらのときにも呼ばれていたから、いつでも艶子さんは、睦ちゃんと愛子さんとには顔を合せていた。

ところでちょっと、この睦ちゃんと呼ばれていた女性について話しておきたいのであるが、後年、彼女が自殺する二、三年前に、私は青山二郎のところで、しばしば彼女と顔を合せたものである。色の白い、小柄な女で、瞳の吃驚するほど大きなことを除いては、どこと言って、人の印象には残らないような顔をしているのに、一ぺん会ったら、忘れられない、一種言い難い魅力のある女であった。そのとき彼女は酒に酔っていた。「宇野さん、あたし、あなたがこの爪を剝がせと言えば、すぐ剝がすわよ。ほれ、この通り、」と言って、きれいな形のその手の指を片手で持って、「止(や)めて、」ととめなければ、いまにも剝がしそうにする。そう言う衝動的な彼女の動作は、決して芝居とは思われない。この女は、私がとめなければこんな危いことをする、と言う、或るさし迫った気持を相手に抱かせる。女である私がそんな気になったのであるから、相手が男であったら、どんな気になるものか。夢にも手管ではないのに、人の気持をゆるがせる或る術を、知らぬ間にそなえた女だ、と言うような、強い印象を受けたのを私は忘れない。この小竹での集りが中毒症状だったと言う艶子さんの形容が、私には何となく分るような気がする。

そんな風で、小竹で朝まで飲んで、明け方になって、もう帰ろうか、と言って帰るものもあり、伸びて了って動けなくなったものもあり、そう言う人たちの中に、伊集院と言う人がいたが、酒は一滴も飲まないのに、飲まない人がいる、と言うことで、ちっとも可厭な気分にさせない、努めてそうしてる訳でもないのに、ただだまっているだけで、面白い人であったが、その人と艶子さんだけが、いつでも一番しまいまで残るのであった。そろそろタクシーもなくなると言う頃であったが、小竹からぞろぞろと出て来ると、青山二郎は愛子さんと一緒に、その頃いた新宿の花園アパートに、艶子さんたちと野々上さんとは、隠田のそれぞれの家へ帰ったものである。誰も、こう言う中毒状態は飽きたよ、と言うものはないのに、自然に、ちょうど飽きて来たようなときに、野々上さんが青山二郎を師匠にして、修業に行くと言う話になって、一緒に艶子さんたちも狩り出されて、別府へ出かけたのであった。

15

話があとさきになるが、別府へ着くといきなり、艶子さんに、一日五円で賄いを引受けてくれ、と言うことになったのである。しかし、艶子さんは途方に暮れた。何か食べさせてくれ、それくらいのことは出来るだろう、と言われても、それが難しい。折角、作っても、碌々食べてくれないで、どこかのお茶屋へ行ったり、面白い男のお女将さんがいるところがあるとかで、青山二郎と野々上さんはそこに入りびたりになったりしている中に、野々上さんは別府で好きな芸者と言うのが出来、青山さんは青山さんで、別府の上の方の、何とか言う花月園みたいな遊園地の踊り子が好きになって、そんなところへ艶子さんたちも一緒に来いと言われて、のこのこ出掛けて行ったりしたが、しかし、艶子さんたちの身になると、いつまでも、そんなお茶屋みたいなところにいる訳には行かない。松本別荘には二階にアトリエもあったので、金剛さんはそれでもとにかく、展覧会の準備をしていたりした。

　やがて、いよいよ展覧会をすると言うところまで漕ぎつけたのではあるが、青山二郎が会場へやって来て、前にはあんなに、やりゃ好いじゃないか、売ってやるよ、などと言ったりしていた癖に、そばへ客が寄りつかないみたいに恐い顔をしているだけで、それでも、いつもは、あんなに辛辣なことを言う癖に、こんな画列べてどうするのかよ、などとは一言も言わない。好いねえ、もっと列べろよ、などと言って、仲間になる訳でもない。だが、会期中、毎日きちんと来て、青山二郎の積りでは、協力してくれたのであったろう。しかし、阿部金剛の方では、来た客に、あれは何々病院の院長だとか言う人に、いそいそと挨拶しなくてはならないと言うときに、青山二郎がそっちの方でにやっと笑って見たりしていると、つい、挨拶しそびれるし、また、艶子さんの方も、そう言う席では、阿部金剛の奥さんとして、そこに寄りそっていなければならないのに、画は売らなければならないし、青山二郎に見られていることも恥しいし、その両方で、お了いには胃痙攣を起したりした。

展覧会のあと始末がすんだ頃、青山二郎と野々上さんとは、九州のもっと奥の方へ、骨董の買入れに行くと言って出掛け、艶子さんたちはそのまま松本別荘に残ったのであったが、毎日毎日、放蕩三昧みたいに暮していた間にも、二人は、絶えず品物の買付けをしていて、お蔭で艶子さんたちは、そのたびに、綺麗なものや珍しいものを見せて貰った。青山二郎は新しい品物を手に入れると、それを抱えて風呂場へ行って、別荘の風呂場と言うのが、ちょっとした旅館などにもないような、大きな風呂場であったが、風呂に這入ると、いつでも二時間くらいは裸でいるのが癖である青山二郎であるが、今は買った品物と一緒なので、それを愛玩して洗ったりする時間だけ、その上にかかると言う訳であった。別府などと言うところは、もともと、外人客が多く、骨董の掘出しなど、出来るところではない。しかし、野々上さんにとっては、骨董修業の入学試験みたいな訳であるから、どこの店へ行っても、いや、こりゃ駄目だ、こりゃ買う、と言われても、口出しは出来ない。そんなに高いものは止めて下さい、とも言えないで、思っていたよりも、たくさんの金がかかった。それでも骨董屋として一軒の店を出すほどのものは集まらなかった。始めの間は、息子のことを宜しくお願いしますと言ったときもあった野々上さんのお父さんも、しまいには怒ったとかで、別府から帰ったあとでは、野々上さんと青山さんの間は、何となく巧く行っていなかった。

ちょうどそのあとのことであるが、艶子さんは、隠田の家が日当りが悪くて、子供を生むためには宜くないと言うので引越したし、また、世の中の様子も、日中事変の影響と言うのか、いつとはなく、茶屋遊びばかり続けてはいられなくて、自然に、前ほどはみんなが出会うことがなくなっていた。茶屋の払いも、すっぽかすと言う人はいないで、みな、よく払ったのだが、払うよりも飲む方が多いので、もうこんなになったのか、と吃驚する。茶屋の方でも、来て貰いたくないとは言わないが、どことなく粗略になると言う風で、だんだん出掛けなくなったのである。

しかし、何と言っても青山さんとは、一ヶ月以上も別府で一緒にいたのだから、艶子さんは、その間に、何となく青山二郎の気心が分った、と言う気がした。花月園みたいな遊園地の踊り子にのぼせて、毎日毎日、とても高い自動車代を払って通って行ったりするのも、もう、今日は止める、と決心するのが可厭なのである。また、みんなと愉しく遊んでいて、もう止めた方が好い、と分っていても、止めると言うそのことが可厭なのである。青山二郎の遊び好きなのは、ほんとうの意味で放蕩と言うのではなくて、遊んでいるその雰囲気を、自分から口に出して、もうこれで止める、と言う、そのことが辛くて出来ないのである。何かを断ち切るような、大仰な言葉で言うと、残酷でもあるそのことが青山二郎には出来ないのである。艶子さんには、その気持が手にとるように分った、と言うのである。

野々上さんは骨董の弟子入り、阿部さんは展覧会、艶子さんは賄い係りと、分担を決めて行った筈であったのに、それが巧く行かなかった。と言うのは、野々上さんの家は大きな金持で、お父さんに、別府に行ったら阿部夫妻を泊めるのだとも言ってないし、第一、野々上さん自身がめったにお父さんに会うことがない、と言うところへ持って来て、野々上さんは四男で、長男次男は正金銀行だの、外交官だので、野々上さんがひとりだけ、文圃堂のような出版社をやると、「文學界」などで大損をするし、今度はしっかりしたことをやると言ったのに、野々上さんの家の人たちに言わせると、青山二郎の存在は、あんな人にひっかかって金を使わせられるとそう思ったかも知れない。そう言われても、野々上さんとしては、いやア、あれは偉い人で、こうこうで、こんなに立派な人だと言う材料が何にもないことになっている。あまりに金を使い過ぎた訳であったので、評判が宜くなかったのかも知れない。

艶子さんの話はこうして、そこはかとなく、青山二郎の姿を浮び上らせる。

16

いつか、セントラル・コーポへ行ってからまた半月くらいして、艶子さんがまたひょっこりと私の家へ来てくれた。しょぼしょぼと雨の降る日で、艶子さんの少し白髪のある短い髪が雨に濡れているのを見て、はるばる来た人のように私は錯覚した。私たちは炬燵の中で、また、待合小竹での話をしたのであったが、田舎者の私は、この小竹での話を聞くと、何となく、「こんな話を普通の人が聞いたら、へんだと思うだろう。」と思い、自分もちょっと、そう言う暮し方をする人が、気に入らないような気持になるのである。艶子さんはしかし、私とはちょっと違って、人の話も、人の暮し方も、まず相手の身になって納得する習慣を持っているので、誰のことも、咎め立てをすることが少い。「或るとき、阿部金剛の駆落事件と言うのがあったのよ。」

と言って、艶子さんは話し出した。艶子さんの良人である金剛さんが、やはりその頃の仲間であった、書店の紀伊國屋に勤めている、若い女の子と駆落した、と言うのである。艶子さんはその話を、他人のことのように話し、小竹の仲間が騒ぎ出して大事になった、と言うのであった。そのときの青山二郎が変っていた、と言うのであるが、青山二郎は騒ぎ立てている人々を制して、艶子さんの顔を真っ直ぐに見、「構ったこたアねえよ。艶子は伊集院と結婚するんだ。結婚するんだよ。」と言ったと言う。伊集院さんのことは艶子さんも意識してはいなかったし、伊集院さんも、ちらっとした態度にも見せたことはなかったが、二人ともお互いに、相手を好きだと思っていたらしい、と艶子さんは言うのである。しかし、それにしても青山二郎がどうしてそのことを見抜いていたか、艶子さんには未だに分らない、と艶子さんが言ったとき、私は突然、「それは青山二郎の観音さまが見抜いていたのよ。」と言った。

青山二郎の観音さま、と言う言葉を、突然聞いた人には、何のことか分らない。この言葉は私たちの、青山二郎の中にある或る独特の感情をちょっと大袈裟に表現した言葉であって、私たちの間だけの隠語のようなものであった。青山二郎の他人に対する感情には、観音さまの慈悲にも似た或る惻隠の情があって、それによって凡てのものを見てでもいるような、深い洞察がある。私たちはそのことを指して言うのであった。

私たちはちょっとの間、だまっていた。艶子さんもまた、この私の指摘を、さして外れているとは思っていないようではなかった。良人が若い女と駆落した艶子さんを前にして、青山二郎の提案した方法が適切であったかどうかは、人には分らなかった。幾何もなく、阿部金剛はその女と別れて、艶子さんのところへまた帰って来たからであった。

艶子さんはその話をしたあと、ちょっと意地悪な人のような、うす笑いを浮べて、ふいに、こんなことを言った。「でも、どうして、その観音さまである同じじいちゃんが、自分のことではあんなに酷薄非道になれるものか、わたしには分らないわ。あなた、気が付かなかった。あんなにながい間、一緒に暮していた愛子さんに対して、何と言うのか、それは冷酷な態度をとっていたのを。あたし、愛子さんが隠れて泣いていたのを、幾度か見たことがあるのよ。」

人の見る眼は、そのときどきの状況で変るものである。この愛子さんのことについては、或いは艶子さんの見る眼が正しかったかも知れない。しかし私は、それからまた半月くらいした或る日、野々上さんのいまの住居である北鎌倉の家を訪ねて、野々上さんからも同じこの話題について、ちょっと違った解釈を聞くことになった。

17

　暮れを半ば過ぎた或る晴れた日、私は北鎌倉の野々上さんの家へ出掛けて行った。電車を下りて、建長寺前の細い道に沿い、小さな石橋のあるところから左に曲って、樹々の鬱蒼と折り重なっている山々を見上げながら、しばらく行くと、右手に露路がある。すぐ行きどまりになっているので、とまどいながら、ふと右側に小さな木戸のあるのを見つけて、留め金を外すと、庭の奥に家がある。「ごめん下さい。」と声をかける。障子の中から、あの、電話で幾度も応対したことのあるおくさんが、いかにもあのおくさんらしい笑顔をして出て見えた。電話の声の若々しさで、その風貌を察していたからであろうか、始めて会った人ではないようなのが、私には気易かった。

　しばらく待っている間、ガラス戸越しに庭を眺める。庭と言うよりは、すぐ裏手に迫っている山々の麓まで、真っ赫な漆の木か紅葉の混っている景観の美しさに、眼を瞠る。柱も鴨居もガラス戸の桟も黒光りに古びた家のたたずまいが、これが青山二郎に弟子入りして四、五十年も経ったと言う人の住居かと思われる。艶子さんの話にもあったように、男の子のような印象であったと言う野々上さんも、もう六十九歳であるとのこと。「青山さんもこの家へ来たことがありますか、」「いや、あの人は、いまふっと気が付いたのですが、自分の家へ人が来るのは歓迎するが、自分の方から人の家へ出掛けて行くのは可厭だと書いていますね、可厭だとね、」旨い茶が出る。この茶のいれ方も、青山二郎のと同じだな、と私は思う。野々上さんは青山二郎と一緒に瀬戸物をあさって歩いた町々のことを話し出した。人の家へ行くのは可厭であるが、好奇心の動くままに追いかけて歩くことは別である。昭和十一年に文圃堂が解散したあと、岡山から萩まで廻って九州へ行き、別府で艶子さんたちと一緒になったこともあるが、一番よく行ったのは金沢であった。あの頃は呉須赤絵などが廉くて、いくらでもあった。この話の間で、野々上さんは「岡山から萩まで廻って九州へ行き、別府で艶子さんたちと一緒になった。」と言う。東京を出るときから、艶子さんたちを誘って、一緒に別府へ出掛けたのではなかったのか、とは私は訊かなかった。青山二郎と野々上さんが艶子さんたちを誘いに来て、それから四人で一緒に出かけた筈だと思っていたのであるが、私はそれを言って、野々上さんの話を遮ることをしなかった。人の記憶はどこかでこんぐらがり、また、これが確固とした記憶になる。その間を縫って、記録するものの筆がある。しかし、それでも、何ごとかが伝わると言うものである。

観賞陶器と言う言葉が出来たあとのことで、あれは誰が創った言葉と言うのか、以前は茶に使えない瀬戸物は詰らないと言う通念があったのを、大河内正敏とか奥田誠一とか言う人たちが彩壺会と言うのを作って、茶に使える使えないに関係なく、焼き物を純粋な美の対象として見ると言う気運が現われ、柳宗悦の民芸運動も起ったりしたちょうどその頃に、青山二郎は瀬戸物の世界に這入ったのであった。大正の末年から昭和の初め頃で、青山自身も本を書いたりしている。「後期印象派」と言う言葉を頻りに云っていた。焼物を見て、こくのある、味の強い、何と言うか漸進的に迫って来るようなものがあると、これは後期印象派だと言っていた。人間を見るにも、である。青山二郎の傾向と言うものがそうであった。瀬戸物が欠けていても好い。破片でも宜かった。骨董屋はそんなものは金にならないから、売るときに困るから買わないが、青山二郎は買った。この話を聞いている間に、私の頭をよぎったのは、人間を見るにも、と言うことである。青山二郎の好んで近づいた人の中には、そう言う人があった。欠けていても、破片になったような人でも、強い、迫って来るようなものがあると、惹かれて行ったのではなかったか。

私はここでもまた、あの艶子さんとの間で話題になった、青山二郎の中にある観音さまの話を持ち出した。その観音さまの裏側に、酷薄無惨な性格があったかどうかと言う話を持ち出して、自然に愛子さんのことを聞くことになったのである。私の手許にある青山二郎の戸籍謄本によると、昭和十九年十月二十八日愛子と結婚入籍、昭和二十三年九月二十七日妻愛子と協議離婚、となっているが、二人の結婚生活は戸籍に記載されたように、昭和十九年から二十三年までの四年間であった訳ではない。前述の高市董生さんの話にも、三宅艶子さんの話にも出て来ることから推測すると、青山二郎と愛子さんとは入籍したときよりも八、九年も前から、一緒に住んでいたのではないかと思われる。前述のおはんさんの話のときにも書いたことであるが、青山二郎の昭和八年九月十五日の日記に、「新宿花園アパートに移転。家賃三十一円。敷金百五十円。夫婦別居。女房は灘万。」とあるのを見ても、おはんさんと別れてからのち昭和十九年まで、十一、二年の間も独身でいた訳ではあるまい。野々上さんの話によると、青山二郎は愛子さんを或る酒場で発見した。そこから引抜いて結婚したのであるが、その翌日、愛子さんは前から自分が好きであった男のところへ行って泊って来た。そして家へ帰ってから青山二郎にそのことをありのままに話して、「どうしてもその人と一緒になりたかったので、一晩だけ泊って来た。」とそう言ったとのことである。その話を青山二郎から聞いたその友人たちは、何もほんとのことを話さないでも好いじゃないか。それでは正直の上に馬鹿がつく、と言い合ったとのことであるが、その話を愛子さんから聞いた青山二郎がどう考えていたかは、誰にも分らぬことである。二人はそのまま、十何年と言うながい月日を、一緒に暮していたのであったから。

私が伊東の青山二郎の家へしばしば行ったのは戦時中のことである。私の記憶では愛子さんは水か空気のように目に立たない存在であったが、そうであるのが愛子さんだと言う風な、そう言う印象に私には見えた。ちょうどその頃か、或いはもっとのちのことであるか、前述の石原さんの話によると青山さんは、「伊東の海岸で、その頃まだ、十五か六であった和ちゃんを抱いて、じっと海の方を向いたまま、まるで無念無想と言う顔つきのまま、何時間も坐っているのである。いや、あれは、抱いていたと言うのではない。親猿が子猿を抱いているように、和ちゃんの体も海の方へ向けたまま、じいっとしているのである。海岸のことであるから、勿論、おおぜいの人が見ているかも知れないのに、そんなことは眼中にないのである。」と言うあの頃と、重なっていたのであったかも知れない。ただ私が、和ちゃんと言う少女のいることを気付いていなかったのかも知れない。和ちゃんは愛子さんにとっては姪であった。その姪を青山さんが可愛がっているのを知って、そんなに可愛がって貰っているのだったら、青山さんの家の養女にして貰いたい、と言う話が親許からあったと聞いたことがある。それが自然であるほど、誰の眼にも、和ちゃんに対する青山さんの様子には、男女の間の感情があるものとは見えなかったのか。

その間の機微に関しては、青山二郎ただひとりが答えることが出来たと言えよう。石原さんの言葉によると、愛子さんはその頃、無闇に、伊東の町を歩いていたので、その様子を「歩きお玉」と言う言い方で、人々が評していたと言う。お玉と言うのは何のことですか、と私が訊いたとき、石原さんはちょっと笑って、「猫のお玉ですよ。猫みたいにほつき歩いていたからですよ。」と言った。私はちょっとの間、だまっていた。その間で、少しも体を動かすことなしにじっとしていたとすれば、その青山二郎に一番、罪があったと神さまの眼からは見えたのではなかったかと、私には思われる。ここが、艶子さんの言っている残忍酷薄な性格の見える場所かと思われるのに、野々上さんはまた、ちょっと違ったことを言う。二人の離婚の直接の原因になったのは、愛子さんがダンスの教師と仲よくなった、そのことであったと言う。終戦のあとでも、私は以前と同じように青山二郎と近しく往来していたのに、そう言う話は、噂話としてさえも耳にはしていなかった。愛子さんが自活して行きたいと言う話があって、その頃、私の行きつけの美容院であった銀座の「アーデン」に、愛子さんを紹介したことがある。紹介したことがある、と言っても、ちょうどその頃、終戦後のどさくさで、私自身の身辺に、驚天動地の出来事が続出したときであった。青山二郎のことも愛子さんのことも、例によって、艶子さんの記憶によってしか思い出すことのない私であったから、それではあれが、青山二郎と愛子さんとの生活の最後であったのか、といまになって気がつく。

この、いまになって気がつくことは、このほかにもう一つある。青山二郎はひょっとしたら、正直の上に馬鹿がつく愛子さんの性格を愛していたのではなかったか。愛していたからこそ、十何年と言うながい年月、一緒に暮していたのではなかったか。そして、その同じ正直の上に馬鹿がつく出来事が、ちょうどそれが必要と思われるときに、ちょうどそのときにもう一度あったために、今度はそれを取り上げて、離婚の理由にしたのではなかったか。もし、神さまに見咎められることがあるとしたら、そのことではなかったか。終戦から三年経った昭和二十三年の九月二十七日に、愛子さんが除籍されているのを見て、私はそんなことを考えたのであった。

18

「雑記」と書いた部厚い和綴じの帳面である。例によって、表紙と口絵に彩色した陶画風の絵が描いてある。昭和十一年四月十二日と書いてあるから、野々上さんと一緒に旅行した頃のことかと思うと、そうではない。「夜、八時半、三日市に着く。そこから自動車に乗る積りでいたら、自動車は出ない、電車に乗りなさいと駅員が言う。雪で自動車は出ないのだろうと思ったが、駅には赤帽もいない。仕方がないから、鞄と高田で買った焼物の包みとを提げて電車に乗る。電車は残雪の土手の中を山道に向って走って行く。小さな停車場が十八もあって、単線だから一時間ほどもかかった。小さなトンネルを二つばかり抜けて、最後に長いトンネルの中を曲りくねって出て、宇奈月温泉に着いた。着いたときには、土地の爺さんと二人きりだ。」

「改札口に駅員が一人いるだけで、駅のそとは真っ暗。赤帽もいなければ、宿の番頭もいない。赤帽も番頭もいないのはこんな田舎の温泉場では珍しくはないが、ここには、自動車もなければ人力車もいない。これには驚いた。あとで聞くと、宿屋が近いから自動車はいらないとのことだし、組合の合議で、客引きの番頭も駅には出さないことになっているのだそうだ。両手に荷物を提げてぶらぶら歩いていると、バーの多いのが眼につく。だんだんと宿の軒灯を見て行く中に、雨になって来て、心細くなった。隣りから隣りに宿がある訳ではない。土産物屋などのある小さな町を過ぎて、だらだらと公園のようなところを下りて行くと、ここに一軒、向うに一軒と、地面を広々ととった宿屋が、待合か何かのように澄まし込んでいるのだ。どこまでも自分勝手なところだ、と思いながら、旅行案内に出ていた延対寺と言う宿の前に出た。玄関が鼻のさきに見えて、爪さき上りに登って行くと、人っこひとりいない玄関に、ドラが掛けてあった。ドラを叩くと、中からどやどやと出て来たのは争われない田舎者ばかりだ。ざまア見やがれと思うと、一度に不平が言いたくなったが、この延対寺と言う変な名前の宿屋の玄関と言うのが凡そ妙で、式台から鴨居の高さまでが梯子段なのである。だから、どやどやと現れた田舎者は、二階から立っていて人を見下し、それこそ頭の先きから客の品定めをするのに出合う。これほど変った土地で、これほど変った名前の宿屋で、而も一番好い宿屋と言うので、さては寺臭い何かでもあるのかと思ったのがまた吃驚。普通も普通も、安っぽいがたがたの宿屋であった。

「さあ、一風呂浴びようと、着物を脱ぎかけていると、旦那さん、お湯はありません、と言うのだ。へえ、もう抜いちゃったのかね。いいえ、お湯が出なくなっちゃったんです。いつから。今年になってちょいちょい、桶風呂があるかも知れませんから、聞いて来ましょう、と言って、とうとう、客や女中たちがみんなはいった、小さな湧かし湯の中へ入れられた。お白粉、鬢つけ油、垢、毛などの浮いている湯の中だ。広い浴場の隅に置いてある風呂桶をまたいで、汚れた湯の中から頸を出して、大きなタイル張りの浴槽を眺めた。酒は好い酒だった。芸者を呼んだ。馬鹿らしくて、くたびれてはいるし、ちょうど芸者とでも寝たい晩だった。それが五反田の芸者だった。いやはや、」

「眼がさめて、始めてそとを見た。紺碧の谷川黒部が雪どけの白波を立てて、ごうごうと流れている。対岸は断崖の秋景色で、赭（あか）い落葉に汚れた残雪の上に、霧が立ち込めている。今日は、もう一日落付いて見ようかと思ったり、明日は富山に出て、高岡に行こうか、今日中に山を降りようか、とも考える。こう言うとき、いつでも決心がついたことがない。」

ちょっと長いが、一字一句省略しないで、そのままを書き写した。青山二郎の気持そのままではないか、と思ったからである。鬢つけ油や垢の浮いている湯の中へ入れられた、と言っても、また、いやはや、と言っても、五反田の芸者だったと言ったりしていても、不平をぶっつけに言っているのではない。自分の方から体をよせて、その不平をなだめ、すかしているのである。いやはや、と言う気持に慣れ、決して怒ることのないのが、青山二郎のそと側に対する姿勢である。俺は東京から来た人間で、こんな汚い、がたがたの宿屋へ泊る積りなんかなかったのだぞ、と言うような素振りの見えないのは当然である。我慢しているとさえ見えない。はじめから、こんなところを予期していたのでもあるように、その態度は自然である。だからそと側の人間は、夢にも青山二郎の本心を見ないで済む。

青山二郎の本心を見ようとすれば、その内側の人間にならなければならない。ひょっとすると、内側にいる人間には、その苛烈な眼に堪えられないような、そう言うことが始終（しょっちゅう）なのではあるまいか。そして、それにでも充分に堪え、堪えているとさえ見えないように、それが自然である人間だけが、青山二郎のそばにいられるのではないか。

青山さんの最後のおくさんである和ちゃんと、青山二郎が結婚したのはいつ頃のことか、私にはまだ分っていない。しかし、愛子さんと青山二郎とが別れたそのじき後からではなかったかと、私には思われるのであるが、よしそれが、結婚と言う形態をとった間柄ではなかったとしても、それに准ずる形のものであったかも知れないとすれば、その頃からいままで、凡そ三十年の間も続いているのか、と私には思われる。一人の女の人とそれほどに長い間、一緒にいた感覚であったことを考えると、青山さんと和ちゃんとの関係は、青山二郎にとって和ちゃんは全くの内側の人であるにも拘らず、青山二郎の内側の人に対する、あの苛烈な精神に堪え、堪えているとさえ人には知られないほどに、それが自然である人間に、和ちゃんがなっていたのだと私には思われる。

最初の章で書いたことであるが、青山さんは家中にある時計の、柱時計、懐中時計、目覚し時計、置き時計と四つ五つもある時計を和ちゃんに、「おい、ぱっと時間が変ったときに見るんだ。ぱっと変ったときだ。」と言って、四つ五つの時計を一ぺんに、テレビの時間に一分一秒も遅れずに合せて直すことを命じる。すると和ちゃんは、「そんな馬鹿なことは出来ませんよ。四つも五つもある時計を一ぺんに直すなんて、そんなことが出来るものですか、」なぞと口答えをするどころか、一分一秒も遅れないように、そこに列べて用意してある時計を、同時に、ぱっと直すのである。しかもそれを、わざわざ言われたからやると言うのではなく、音もなく、やって了うのである。神業（かみわざ）としか思えぬような早さで、直すのである。そんなことは平ちゃらだと言うような、何でもない顔をして直すのである。

青山さんと和ちゃんとはよく一緒に旅行する。単なる物見遊山のこともあるが、大抵は品物の買出しに行くので、汽車に乗るのではなく、車で行く。青山さんは何とか言うフランス製の中型車を持っているのであるが、車を運転するのは、青山さんではなく、和ちゃんである。田舎へ行くことが多いので、雨や雪に会うこともあるし、山坂の道で、車がエンコすることもある。

こう言うとき、その泥んこの道にしゃがんで、或いは車の下にもぐって、或いは車をひっくり返してタイヤを取替えたりするのは、青山さんではなく和ちゃんである。田舎では見たこともない珍しい形の外車なので、子供たちが寄って来る。寄って来て見るのである。子供たちの眼には、青山さんもまた、車の直る間、腕組みをして道端に立ったまま見ている。子供たちの眼には、青山さんと和ちゃんとは夫婦とは見えず、親子だと見える。「爺さん、手伝ってやれよ。」見兼ねたのか、子供たちの一人が言うことがある。聞えたのか聞えないのか、いや、聞えていても、そんなことは気にならない。やはり、じっと見ている。車を運転するものが、故障くらい直すのは当り前のことであるが、老っていても、骨組みのがっしりしている青山さんと、小柄な女である和ちゃんとを見比べると、子供でなくても、口を入れたくなるかも知れない。和ちゃんはそんなとき、どう言う顔をしているか。汗びっしょりになって、顔にかかる後れ毛を手で払うことはあっても、その仕草は、決して、その仕事を可厭がっているためであるとは見えない。当然、自分ひとりがすることをしているのだと言う風に、ひょっとしたら、それらの子供たちにさえも見えたかも知れない。それほど、それは自然な仕草に見えたのである。

一と頃、私は殆んど毎日のように、青山さんのマンションに行ったことがある。私の家と青山さんのマンションとが、それほど遠くもなく近くもなく、ちょうど散歩区域と言うくらいの距離であったからでもあるが、そこへ行くと、飽きることがないほど、いろいろな種類の美しいものが、手にとって見られるからでもあった。光悦の経箱、利休の茶杓などの上手ものから、くらわんかの茶碗、馬の目皿の下手ものまであった。このことは前にも書いたが、青山さんは人が行くと、「おい、この間、松本で買った織部の皿を持って来い。」などと言う。こんなとき和ちゃんは、はい、と答えるのかどうか、大抵の場合、声が小さくて人には聞えないのか、返事をすることもないような具合にさっと立って行って、見る間に持って戻って来る。青山さんの家には、普通の骨董屋くらいか、或いはそれの二、三倍の品物がある。私たちが腰かけている、庭の見える部屋のずっと奥の、広い部屋に棚を作っておいてある。私はそこへ這入って行って見たことはないが、たぶん、或る種の整理がしてあって、分り易いようになっているのであろうけれど、そこへ這入って行ったと思うと和ちゃんは、じきに、両手に抱えるようにして戻って来る。箱や袱紗や仕覆の中から、目的のものを取出すと、そこの卓子の上に置き、また、人が見たあとは、一々叮嚀に、同じような順序をもって片付ける。その顔は、一種の表情を持っているが、それは可厭なことだとか、面倒なことだとか言うのではない。もう、幾百回となく繰返したことを、また繰返すそのことに、何の抵抗もない様子を見ていると、私たちは一瞬、和ちゃんのその存在を忘れる。これが、青山さんの内側の人として、生活し抜いた人の行為なのだと私は考える。

19

正月の七草過ぎに、私はまた艶子さんを誘って、野々上さんの家へ出かけた。風の全くない、あたたかい日であった。きれいな着物を着た女の子たちが歩いている。寺で茶会などのあった帰りかも知れない。ただ、この前に来たときに比べると、山々の樹々の色が、全くすがれているのが目についた。

玄関をあけるよりも早く、おくさんが立って見えた。眼が合うと、形の好い瞼のちらと動くのが、印象的であった。一体に人みしりをする私であるが、今日は艶子さんが一緒なので話がはずむ。「はははは、」としばしば笑う。青山さんについての話は、何となく笑って了うようなことがある。「じいちゃんの兄貴の民吉と僕の兄貴は同級生でね、大学の。兄貴は東洋史だが、民吉は西洋美術をやってたんだ。」と野々上さんが言う。大学からの見学旅行で兄貴たちが奈良へ行ったとき、学生でも何でもないのに、青山二郎がついて来て、「面白そうにお寺さんを見て歩いてたんだって、」と言って、野々上さんはまた笑う。「民吉って言うのは、仕事はあんまりやらない方だけど、椅子を作ってたね。」ウィンザーの椅子と言うのをはじめて浜田庄司が英国から持って来て、鳩居堂に頼まれて、展示即売の会をやったことがある。英国の工芸と言う本を書いて、その紹介を石丸さんがしたりしたので、ウィンザー・チェアーと言うものが、日本でも騒がれ始めていた。それに目をつけて民吉が、そのウィンザーの椅子の設計事務所をやったのだが、成功はしなかった。「ウィンザー」と言う名前が、いまではバーの名前としてだけ残っている。銀座にあるそのバーに、睦ちゃんがいた。青山さんも河上さんも小林さんも、よく行ったバーで、睦ちゃんを中にして、いろいろの話題をまいたところとして、人の記憶に残っているが、青山さんのいまの家にある椅子が、あれがウィンザーの椅子かな、と私は思い出した。民吉のことと言うと、糞味噌に言う青山さんであるが、こう言う形で、その影響が残っているのも、不思議はない。

鳩居堂と言う名前は、青山さんの古い借金表にしばしば現れる。昔の金としたら、相当の額の金なので、私は青山さんが自分の気に入った和綴じの帳面や特別製の原稿用紙を作ったりしたために、それほどの夥しい数量の紙を買ったのかと、不思議に思っていたのであるが、そう言う紙の代金ではなく、金そのものを借りた借金であったそうな。鳩居堂のほかに、晩翠軒でも、しばしば金を借りている。「晩翠軒へ行くから、何でも好い、お前の持ってるものを持って来い。」と青山さんが言うから、呉須赤絵の大皿なんかを抱えて行くと、それを持って晩翠軒へ行く。井上さんと言う人がいて、「あの人は好い人だったなア、」と野々上さんは言ったが、その人に頼んで金を貸して貰う。青山さんは何かと言うと、晩翠軒へ行こう、と言っていた。金を借りた上に、いま北京から着いたところだと言って、蟹を食わして貰ったり、鴨を食わして貰ったりした。のちには、あのおくさんが店をやっていたが、その中に、その晩翠軒が、今日で店をやめる、と言うことがあって、艶子さんの話だと、その、やめると言う日には行こうと思い、しかし、何かで行かれなかった。いまは、その店も、もとの面影はなくなっている。

人間も何かの事情で身の上が変るように、これと言われた店も変るものだ、と言う話をしているとき、野々上さんがふいに、「宇野さんも木挽町に住んでいたことがあったでしょう。」と言った。続けて、「あの家は、五郎丸と言う芸者に売ったのでしょう、」と笑いながら言った。この話が始まると、私もまた、栄枯盛衰の中にいたのだと言う気がして、そんな気持は夢にも持っていなかったと思っていたのに、あれが、あの家を買ったのが、五郎丸と言う名前の芸者だったのかと、いま始めて聞いたその名前に、何か、怨恨でもあるかのように生き生きした記憶が返って来たのを感じて、自分でも吃驚した。

その家はその頃親しくしていた水野成夫さんの世話で、誰かに売ったのであった。そのときに売らなければ、直面していた突発的な困難を、どう処理することも出来ない、切羽詰ったときであった。買った人を恨むなどと、どこを押しても言える文句ではなかった。私はその家から、青山にいた妹の家へ一先ず逃れて行ったのであったが、荷物をトラックでさきに送り、あとから僅かな荷物を手に持ってその家を出たとき、うしろを振返りもせずに行ったので、自分はこんなとき、未練の気持など少しも持たないのだなと思い、そのことが多少自慢でもあったのに、三十幾年も経ったいま、自分では夢にも自覚しなかった根原的な、荒々しい感情が突然に飛び出し、またすぐに消えた。「あれは遠山さんの世話になってた女だよね、」とまた続けて野々上さんが言った。遠山と言うのは、その頃の政財界のボスであった。いつでも、人を怨んだり、未練がましくしたりはしない、と言うのが私の自慢であった。しかし、それは、そうありたいと望んでいたと言うことで、そうであると言うのではないのか。或いは、あの家の買い手が普通の人ではなく、芸者であったと言うことで、何とはなく気を損ねたと言うことか。誰が買ったのか、そのことさえ聞こうとはしなかった癖に。

　その頃にも、青山さんはしばしば私の家へ来ていた。愛子さんと一緒ではなかったが、和ちゃんと一緒であったかどうか、私はそれも聞いた記憶がない。独り身の自由な男のような風で、ふらりと来ていた。三好さんや小林さんや河上さんと一緒のこともあった。「俺が言って買わしたものを、みんな持っていたら宜かったのに、」とその後も、ときにふれて、青山さんは言った。残念だと言うよりも、青山さんの指示にそっくり従うように見えなかった私を、笑うような風にして言った。その頃のめちゃくちゃな世の中の或るときに、よそにはそれほどの現金がなかったのに、或る事情から、私のところにはそれがあった。骨董屋が毎日のように来た。何にも分らない私に、青山さんは、これは駄目だ、これは好い、と手にとるように言ってくれた。そばで見てる人には、青山さん自身が買っているように見えた。しかし、もののよしあしがよくは分らない私には、ときに、青山さんの指示を間違えることもある。それよりも、青山さんが残念に思ったのは、あの家を売ったとき、これらの青山さんの息のかかった品物を、一品残らず売払って了ったことである。「ものの値打を知らないにも程がある。」とよく言った。しかし、そう言うときにも、青山さんはただ、私の馬鹿さ加減を笑っただけであった。どんなときにも、風馬牛と言うのか、一種の態度を崩さなかった。相手に金があろうがなかろうが、同じ態度でいるのは誰にでも普通であるが、青山さんのはそれが違う。たぶん、その頃、青山さんは何かの事情で赤貧洗うが如し、と言う状態であったに違いないのに、その頃の青山さんと、のちに、二ノ橋の堤の土地を高速道路の出来るときに売って、一時に何億と言う大金が這入ったときの青山さんと、風貌は愚か、その言動にも、少しの変りもなかった。このことは、凡そ、どんな人間にも真似られることではない、と私は考えている。たった一度、「三万円だ。」と言って、いまの私の家にかかっている雑木林と言う一枚の油絵をおいて行ったときも、その態度は変らなかった。

20

「苗場国際スキー場」と書いた包み紙の土産物をいろいろと提げて、和ちゃんが尋ねて来てくれた。雪やけしたせいかも知れないが、和ちゃんの顔色はとても元気そうに見えた。「これは何、」と言って、私はその土産物の紙袋を、一つ一つ開けて見た。たらの芽の塩漬、野沢菜の紫蘇漬、ぜんまいの醤油漬などである。たらの芽は私の大の好物である。ピーナッツ味噌で和えて、今夜の菜(さい)にしようかな、などと考える。

和ちゃんには訊いて見たいことが幾つもあった。青山さんが伊東から東京へ出て来たのは、いつ頃のことか、東京で最初に落付いたのはどこだったのか、先ず、そう言うことから訊きたかった。「東京へ越して来たことには、先生も一枚加わってたんですよ。」と和ちゃんが言ったので、私は吃驚した。「こないだ、じいちゃんのところへ来た古い手紙を整理してたら、こんなハガキが出て来ました。お見せしようと思って、」と言って、和ちゃんが、雨にでも打たれたのか、古ぼけ、汚れた一枚のハガキを見せてくれた。一と眼で私の書いたものだと分った。

「お手紙拝見しました。最後のお盃、三万五千円で頂きます。あなたの東京でのお住居は、いますぐにお気に入るようなのはないでしょうから、五反田にでも出ていらして、その間に、もし宜かったら、私の名前で新聞広告をして見ましょうか。広告を出すと、その日から四、五日の間、いろいろと知らせが来ますから、それをあなたご自身で、一々、見にいらして、お決めになって下さい。小説お書きになってる由、ご同情しています。書けば書くほど短くなる小説は、世界中に、あなたと私の小説だけでしょう。私も仕事がはかどらないので、とても元気がありません。ノーベル賞と言うものは、モーター派のとるものらしいですね。ではお大事に。」

とあって、宛先きは静岡県伊東市玖須美竹町、青山二郎、木挽町七ノ三ノ一三と私の住居が書いてある。十一月廿二日と言う日付は分るが、昭和何年なのか、肝腎の消印がぼやけている。しかし、私が木挽町にいたのは、昭和二十五年までであるから、少くとも、それより遅いものではない。青山さんが小説を書いていると言うのは、ひょっとしたら、その頃、私のところで出していた「文體」と言う雑誌に出すためのものであったかも知れない。

青山さんは愛子さんと別れて、その頃、伊東の家で一人暮しをしていた。骨董などをいじったりすることではまめであるが、暮しのことでは、横のものを縦にすることもしない青山さんのことであるから、忽ち困ったのではないだろうか。「しばらくの間は、河村さんの好意で、ときどき睦ちゃんを伊東へよこしてくれていたので、家の中のことをして貰ったりしていたんだけれど、その中、まアちゃんと言うバーテン、ご存じですか、その人に来て貰ったりしてたんですよ。」と和ちゃんは話し始める。河村さんの好意で、と言うのは、一と頃、河村さんが睦ちゃんの世話のようなことをしていたときがあったので、そのことを言うのであろう。「それから、うらちゃんと言ってた占いの出来る女の子が来てくれたり、その間も、来られるときには睦ちゃんが来て、まア、主に睦ちゃんが面倒見てくれてたんですけど、今度は河村さんが東京へ出て来たとき、五反田に行くと、睦ちゃんがいないでしょう。仕方がないから、ご飯を炊かずに暮してたんですって。不精な奴だなア、河村は、ってじいちゃんが言うと、河村さんが怒ったんですって。でも、そんな風では困るので、じいちゃんも東京へ出て来ると言うことになって、先生のそのおハガキにもあるように、とにかく、睦ちゃんを頼って、と言うのか、一先ず、五反田のアパートに空いてる部屋があるからって言うんで、転がり込んだんですよ。」

一人暮しをするようになって、にっちもさっちも行かなくなると、誰かが来て用事を足してくれる。一人でいる青山さんを放っては置けない、と言う気持が、人々の中にあるのか、青山さんに手をかすことが気持が好いのか、それらは普通人の持っている感情でもあるが、また青山さん自身の人徳でもある。私の書いたハガキの中にも、ちらとそう言うものが見える。

「東京にいながら家を探した方が好い、と言うことだったんですけど、そしたら、睦ちゃんと山本さんが可笑しくなったんですよ。睦ちゃんがいなくなったって大騒ぎしたんですけど、山本さんと駆落ちしちゃったんです。それだからじいちゃんは、頼るところがなくなっちゃって、みさちゃんのところへ行ったんですよ。」

睦ちゃんと山本さんとが駆落ちしたと言う話にも驚いたが、突然ここに姿を現したみさちゃんと青山さんとの関係の始まりが、そう言うことだったのにも、私は驚いた。この物語では、始めて姿を現した若松みさと言うバーのマダムについては、これからも、ときどき筆を費すことになるかと思うが、その頃、みさちゃんもまた、その五反田のアパートに一室を借りて住んでいたものと見える。「私の出した新聞広告は役に立たなかったのか知ら、ね、」と私が言うと、和ちゃんは、「いえ、とても好い家があったんですって。戦後は家がなかったんですよねえ。でも、それが立派過ぎて、どうしようかと言ってる中に、結局、ひとりだから、そんな家を借りても、やっぱり困るだろうと言うことになって、五反田に腰を据えることになったんです。そこにはいろんな人が住んでたんですよね。みさちゃんとか、ブーケのママだった片岡のママだとか、」と言う。

いまでも、銀座のバーで、ブーケを知らぬものはない。私たちの素人考えでは、ブーケはみさちゃんがママと言うことになっていたが、その前に片岡のママと言うのがいて、みさちゃんのほかにもうひとり、人がいて、三人の共同経営であったと言う。みさちゃんはその頃には面倒であった酒の配給の権利を持っていたとかで、自分はバーテンみたいなことをして、店からはひっ込んでいたと言う。ちょうど私のところでやっていた雑誌の利益が上っていた頃で、いまから考えると、途方もないことであるが、私は社のものたちを連れて、毎晩のように銀座のバーを廻ったりしていたことがあった。ブーケへもしばしば出掛けていたが、私が店へ這入るのを見ると、きまってみさちゃんが奥から出て来て、私と踊るのであった。髪を短く切って、男のようなズボンを穿き、踊ると、肉の厚い股を、こっちの股へ押しつけるような、一種肉感的なステップをしたりした。ははア、みさちゃんはこの手で私にサービスする気なのだな、と感じたことを思い出す。和ちゃんの話によると、みさちゃんはやがて、共同経営者をひとりずつ、店から追ん出て貰うようにして、押しも押されもせぬブーケのママになったのだと言う。

「みさちゃんだの、まアちゃんだの睦ちゃんだののいるアパートに一緒にいて、夕方にみんなが出掛けるときになると、まるで一緒に出勤するみたいにして出掛けて行くのが、じいちゃんには面白かったのではないでしょうか、」と和ちゃんは言う。「じきに、みさちゃんがプーサンと言うバーを新しく始めたときには、いま六本木でシャンと言うバーをやってるかずちゃん、私と同じ名前のかずちゃんをママにしたんですけど、かずちゃんがママとしてはあんまり若かったので、第二ママとして睦ちゃんを立てたりしたんです。」と言う。バーの名前に、風さんと言う字を宛てたのは、ニコラス・プッサンとか言う画家の名前をもじって、風さんの風の字に、半濁音の印をつけて、プーサンと読ませたりしたのも、青山二郎の発案であることは、前述した通りである。

「睦ちゃんが生きてたら、もう大分の齢になってるでしょうね、」ふと、或る感慨をもって、私がそう言ったものである。私が睦ちゃんとよく会っていたのは、あれはいつごろのことであったか。どんな人の上にも年月は経つものだからである。「六十、くらいではないでしょうか。睦ちゃんは寅年ですから、」と和ちゃんが答える。私が何か曖昧なことを訊くと、絶えず、「調べて見ましょう。調べれば分りますから、」と、きまったようにそう答える。和ちゃんの話によると、和ちゃんのお父さんと言う人は、弁護士を職業としていて、家庭でも、曖昧なことは言うな、と絶えず訓戒するのが習慣だったとのことである。私は和ちゃんとの対談中、幾度となく、その頃、あなたは青山さんとはご一緒ではなかったの、と訊こうと思い、止めた。一緒だと私が思い込んでいるだけで、或いは一緒ではなかったのかと思いながら、このことについて、曖昧ではないことを訊くのが憚られたと言うのは、どう言う気持なのであろう。

「プーサンに出るようになってから、睦ちゃんは山本さんといなくなったんですよ。その頃の山本さんの手紙がたくさん出て来ましたけど、じいちゃんはとり敢えず一ぺん戻って来て、話をつけて出た方が好いって、そう言ってたんですけどねえ。睦ちゃんがいなくなったあと、じいちゃんがみさちゃんのところで世話になっているところへ、じいちゃんを訪ねて、じいちゃんのお父さんが来たことがあって、そこで始めて、みさちゃんはお父さんを知ったのです。」

のちに、青山さんとみさちゃんとの間に、二ノ橋の土地の所有権をめぐって、法廷でまで争った長い間の係争事件のその端緒が、ここにあったのだと言うことを知って、私はそのことの意外さにも驚いたものである。高貴荘と言ったその五反田のアパートは、反り立った崖の上にあって、凡そ高貴ではないが、焼け出された人々が、あっちこっちから寄り集って住むのには格好のところであった。

21

みさちゃんが青山さんの父の八郎衛門と知り合ったと言うことは、のちに、煩雑な問題を引起すもとになった。八郎衛門はその頃、麻布の新龍土町に家を建て、そこに住んでいたのであるが、青山さんと同じように、身の廻りのことを見てくれるものがいないので、困っていたのではなかったかと思う。或るときみさちゃんに向って、その頃はまだ八郎衛門の名義であった二ノ橋の土地の上に、家を建てても好い、と言うようなことを言ったと言う。しかし、その替りに、隣接した土地に離れを建て、そこに青山さんと八郎衛門が住んで、二人の世話をみさちゃんが見る、と言うような話であったと言う。土地があれば、金融公庫から金が借りられるので、八郎衛門は青山さんのために、その頭金として三十万円の金を用意したりしていたと言う話である。

　この話はみさちゃんにとって渡りに舟であるどころか、夢のような話であった。みさちゃんは、まず、自分のために、門のある本宅を建てた。やがて、土建業を営んでいる姉夫婦の家を、その出口に建て、妹たちまで呼んだりした。青山さんもそのとき離れに小さな二階家を建てたのであった。これらの土地を貸す場合に、みさちゃんと八郎衛門の間では金をとってはいないのだから、賃貸借ではない。法律的な言葉で言うと、使用貸借とか言うので、あとで、貸した方が、その土地はこっちで使うことになったから、返してくれ、と言うような場合には、返さなければならない。有利に解決することが出来る、と言うことであったが、みさちゃんを相手の場合には、それがそうは行かないどころか、大変な騒ぎになったのであった。

　一旦は家を建てても好い、と言って貸した土地であったが、前述したような錯雑した事情があって、その土地は父八郎衛門の死後、青山さんと兄の民吉との間で、長い間の係争の末、青山さんの所有になった土地であった。そこに、みさちゃんその他が家を建てたりしてから、十四、五年もの歳月が過ぎた或るとき、思いもかけないことであるが、その土地の上に高速道路が通ると言うことになって、みさちゃんの家も、姉夫婦の家も青山さんたちも、どこかへ越さなければならないことになった。大人しくみさちゃんが引越す筈がない。

青山さんとみさちゃんとの間でいざこざが起きたのは勿論であるが、そのみさちゃんの相手が青山さん、と言うよりは、道路公団に移ったので、それほどながい間ではなく、一年くらいで解決がついたのである。そのときみさちゃんは土地の居住権のほかに、別に補償金と言うのを貰ったりしたのであるが、一時、係争が法廷にまで持出されたときに、みさちゃんは、青山さんとの間に肉体関係があっただけではなく、父親の八郎衛門とも関係があったと、誰憚ることなく申立てたと言う。昭和二十六年の四月に死んだ八郎衛門は、当時、病臥中で、それどころではなかった筈である。青山さんとの関係云々と言う話は、私も聞いたことがあるが、青山さんは酔ったまぎれにみさちゃんを抱いた。或いは酔った青山さんにみさちゃんがかかって、抱くようにさせた。そのことを、みさちゃんはとっこにとって、強引に青山さんと夫婦であると称して、二ノ橋の土地で一緒になり、家を建てたりしたのだと聞いていたが、この話は間違いであったかも知れない。

一度、このことについて、何気なく和ちゃんに訊いて見たことがあったが、和ちゃんは笑って、「それは男と女のことですもの。一度くらい、そんなことがあったかも知れません。」と言った。和ちゃんのこのさらりとした答え方も、私には不思議なことに思われた。ここでもまた、和ちゃんと青山さんとは、この時点では、きまった間柄ではなかったのか、と思ったり、いや、きまった間柄であっても、和ちゃんの性質では、こんな風にさらりとしていられるのか、と思ったりして、私は不思議な気持でこの答えを聞いたものである。

男と女の間で、男女の関係があったかなかったかと言うことは、私たち素人の間では、重大な問題である。その道の玄人である青山さんにとっては、みさちゃんと関係があったかなかったかと言うことは、和ちゃん同様、さして気にとめることではなかったかも知れないが、みさちゃんにとっては、息子である青山さんとその父親である八郎衛門との二人に、同時に関係があったと進んで供述したと言うことは、どんなに恥をさらしても、取るものは取らねばならぬ、と言うことであったのか。しかし、そうまで詐称する必要があったかどうかである。公団ではどうしても二ノ橋の土地が必要であった。青山さんに億と言う大金が支払われたときに、その中から青山さんはみさちゃんにも居住権その他のものを払ったのであるが、みさちゃんはその金とは別に、公団からも補償金として多額の金を貰っていたので、それらの金で、大森山王に大きな家を買い、姉夫婦と妹たちも一緒に越して行ったのであった。

それよりも前、みさちゃんのところに青山さんとお父さんとが一緒に住んでいたとき、しばしば兄の民吉のところから、父親を自分の方へ返すように、と言う申出があったと言うが、その真意は、もし青山さんのところで八郎衛門が死ぬようなことがあると、遺産その他の配分で、自分の方が損をするのではないかと言う、民吉の心配からであったと言う。八郎衛門はその頃、弁当を持って、みさちゃんのところへ通っていたとか言うことであったが、その弁当も、或いは民吉の配慮であったかどうか。やがて、しぶしぶと八郎衛門が民吉のところへ帰り、そこに寝ついたのであるが、ちょうどその新龍土町の隣家が、画家の梅原龍三郎の家で、或る大雨の日、民吉の家の庭に投げ棄てられてあった八郎衛門の大きな写真が、雨に打たれて、ずたずたに破れているのが見えたと言う話を聞いたことがある。青山二郎、民吉、八郎衛門の骨肉相食はむ形相を見ることはしばしばであるが、その所有の土地を廻って、つねに誰かと争わねばならなかったと言うことは、青山さんの責任ではない。

「みさちゃんがめちゃくちゃなことを言ったりしたとき、青山さんはどんな顔をしてたんですか。」と、私が和ちゃんに訊くと、「じいちゃんは笑ってましたよ、本気で怒る気にならないし、相手にしても通じない人なんですもの。それに、ブーケに行ったりして、みさちゃんに借金もしてるし、しかし、みさちゃんの方では、借金の出来るのを待ってたようなところもあるんですけどね、」と言う。「ブーケの借金なぞ、目じゃあないわね。」と私も言った。みさちゃんの積りでは何れ二ノ橋の土地全部をとる積りでいたんだから、と言う話である。それだのに青山さんはみさちゃんに向って、いま現金で百万円もくれたら、この土地はみなやるよ、とも言っていたと言う。「本気でそんなことを言ったのか知ら、」と私が言うと、和ちゃんは、「ええ、勿論、本気でそう言ってたんですとも、」と言った。これら無慾の発言が、みさちゃんの慾を挑発したのかも知れないことを思うと、先刻、青山さんの責任ではない、と言ったことは、この限りでは取り消さなければならないのかも知れない。

22

二ノ橋の土地は広かった。或るとき和ちゃんが、空いたところのある土地に、駐車場を作りたい、と言ったら、みさちゃんがいけないと言って、作らせなかったと言う。和ちゃんは青山さんと一緒に広島へ行ったとき、「あたし、車が欲しいわ。」と言ったら、すぐに買ってくれた。和ちゃんはその頃、車の運転をおぼえたばかりで、免許をとり立てであった。東京へ帰ったら、二ノ橋へ駐車場を作るのを楽しみにしていたのに、みさちゃんが作らせなかった。この話をするとき、和ちゃんは笑いながら話したが、或いはみさちゃんのこの勝手な言い分にも、笑いながら従ったのであったかも知れない。ひょっとしたらみさちゃんは、和ちゃんが青山さんに広島で車を買って貰ったと言うことで、お冠りを曲げたのかも知れない。

しかし、ここで私は思うのであるが、青山さんが和ちゃんに車を買って与えたなどと言うことは、青山さんにとっては、極く何でもないことであったかも知れないが、それが何でもないことであるように、和ちゃんと青山さんとの間には、極く自然な形で、或る聯関があったのであるかも知れない。そのことは、誰の眼にも、取り立てて言うことではないように映ったとすれば、和ちゃんと青山さんは同じ家に一緒に住んではいないにしても、公然とした或る間柄であったかも知れない、などと思いながら、ここでもまた私は、和ちゃんにそのことを確かめて見ようとはしなかった。何故か。私は自分ひとりで、青山さんと和ちゃんとは、ちゃんと決まった間柄であると、思い込んでいたからである。

それより少しのちに、みさちゃんと青山さんとが土地のことをめぐって係争中であるにも拘らず、同番地の二ノ橋の土地に住んでいるのは、おかしい、と言うことになって、青山さんは二ノ橋から赤坂の霞町マンションに移って行ったのであった。あれは昭和三十八年のことで、昭和三十九年の九月、青山さんの最終の住居である現在のビラ・ビアンカに越す一年前のことであったが、或る日、その頃、私の麻雀仲間の一人である、夏ちゃんと呼ばれているバー勤めの古株が、私の家へ駆け込んで来て、「先生、じいちゃんと和ちゃんがいよいよ正式に結婚するんですってよ。新聞に大きく出てたわよ。」と、息せき切って報告したことがある。ひとり住居の不得手な青山さんではあるが、しかし、そのことで驚くには当らないではないか、と思いながら私は、それでも、なお、みさちゃんとのごたごたから逃れて、和ちゃんと正式の間柄になったことを、青山さんのために祝福しないではいられなかった。

さて、話はわきへそれるが、青山さんはいろんな人のそと側にいて、ものごとを観察するのが好きなように、私には見える、と言う話をして、しかし、それらの事柄の中に這入って行って、ああした方が好い、こうした方が好い、などと自分から進んで言うようなことはないように見える、と私が言うと和ちゃんは、「山本さんのことでも、いろいろ相談されたらしいんですけど、いつでも、はっきりと、こうと言う具体的な話はしなかったようなんです。」と言う。

遠い昔の話であるが、睦ちゃんがあんな風になったのには、多少とも、青山さんの影響がある、睦ちゃんを甘やかして、あんな風にさせたのは青山さんだ、と私に言った人があったのを私は思い出した。睦ちゃんと青山さんとが、どう言うつき合い方をしていたか、この眼ではっきりと見たことはなかったのに、朧ろ気ながら、それが分るような気がする、と言う話をすると、和ちゃんは、「睦ちゃんはああいう人で、大概の人と関係があるでしょう。じいちゃんとはそう言うことがなくてつき合っていた、たった一人だったんです。だから、睦ちゃんに対してそう言う慾がないから、睦ちゃんの方から言うと、じいちゃんの言ってることは、何ごとも公平なように思われる、と言って、とてもたよりにしてたんです。よく、じいちゃんがそう言ってました。山本は自分が睦公に惚れられてる、と思ってるかも知れないが、もし、出来ると思うなら、この俺から睦公をとって見ろって、」「そりゃ面白い話だわ、」と、思わず私も言ったものである。青山さんのこの自信は、どこから来ているのか、私には凡そ見当がついたからである。

23

昭和五十四年三月二十七日の朝、青山二郎さんが亡くなった。持病はあったが、筋骨はまだ逞しく、死ぬことなど考えられもしなかった。和子さんからの知らせで、私は飛んで行った。もう死んでいた。死に顔は、あれが美しいと言うのであろう、少し痩せて、もうこれで休みたいと思ってでもいるような風に見えた。青山さんはベッドの上に横たわっていた。そこはもと応接間になっていて、私たちが行くと、ちょうどいまベッドのあるところに大きな卓子がおいてあって、そこを前に、腰かけている位置であった。大きな一枚ガラスの窓が少しあけてあった。千駄ケ谷から渋谷にかけた街々の屋根が一望のもとに見えた。青山さんが自分で茶をいれてくれたところである。窓のそとの庭は、庭のように見えるが、六階のベランダに土を入れて、植木屋に作らせたもので、それでも普通の庭にあるような木々が植えてある。井戸の形に組んだ石の枠が、草の間から見える。人が亡くなると言うことは、まわりの風物がそのまま、まざまざと残っていると言うことであろうか。

一人二人と人が来た。和ちゃんの意向で、わざわざは知らせをしなかったので、極く身近かの人だけが集った。青山さんの遺骸をどこへ埋めたら好いかと言う話が出た。この話の最初の章に書いたように、青山さんの家の、代々続いた菩提寺と言うのは、世田谷三軒茶屋にある正蓮寺である。祖先の墓地のあるところを、それほど心にとめてはいなかったのであろうか。青山さんも民吉さんもこの寺へは詣でることがなかった、と正蓮寺の住職が話していたのを、私は思い出した。それにもう一つ、いまから十五年前の昭和三十九年正月に、青山さんは遺言状と題した書き物を遺していて、「一、私は亡兄民吉の遺族に対しては、動産、不動産に限らず、何一つ、遺産として残さないことを誓う。二、私は兄並びに兄の遺族の墓のある寺には寝らない。」と書いている。寝らない、と言うのは、例によって青山さんの当て字である。青山さんの遺骸を葬むる寺は、全く新しい寺にしなければならぬことが分っていたので、宗旨が門徒であると言うことだけを残して、青山さんの家の近いところにあると言う、北青山の立泉寺に葬むることに決ったのである。

　戒名を決めるのに、立泉寺の住職の話によると、この宗旨のきまりによって、戒名の字数は六字に限られている。その六字の中に、特に入れたいと思う字があるか、と訊かれたとき、和ちゃんは即座に、「陶」の字を入れたいと言い、いっそのこと、青山さんの著書である「陶経」を入れたら、と言う話になった。翌日、寺から届いた位牌には、「春光院釈陶経」となっていた。これでは、あんまりさっぱりし過ぎている、と私かに思ったりしたものであるが、「これで好いわ。いかにもじいちゃんらしくて、」と和ちゃんが言ったので、ああ、そうだと私たちも思ったものである。俗なところ、人の眼を気にするところの全くない青山さんの戒名には、これが一番だと思われたからである。

葬式が済んで、幾日か経った或る日のことである。三宅艶子さんが私に、「なぜ、青山さんの脳髄を解剖しなかったのか知ら。惜しいことだわ。」と言った。あとで分ったことであるが、艶子さんの家系では、三宅恒方と言う昆虫学の泰斗であった父と、三宅やす子と言う女流文学者の母と、それからまだ、たった二歳にしか過ぎなかった弟との三人を解剖して、その死の原因と体質の特異さを解明していたので、「青山二郎の脳髄を解剖する」と言う、近親者の耳には驚天動地の提案も、何とも惜しい、と言う、ただその一語に尽きる行為だと思われたのである。

この話を私は和ちゃんには知らせなかった。四十九日も過ぎた或る日、「こんなものが出て来たの、」と言って和ちゃんは、私に一枚の紙きれを見せた。青山さんの筆蹟で、「近く僕は死ぬだろう。人に見られることはいやだが、自由に死ぬときが目に見える。僕に見えるものをそのままにして、そう言う中を見ながら歩いて行く。最後が僕にはよく見える。誰にも喜ばれず誰にも未練はない。」と書いてある。いつ頃書いたものか分らないが、漠然と死を前にした気持を書いたものではなく、或る必然があって書いたもののようにも思われる。

四十九日の法要には、おおぜいの人が集った。「故人が生前住んでいた部屋で、」と案内状に書いてあった。どんなところに青山さんは住んでいたのか、と思う気持もあったかも知れない。ずっと以前につき合っていて、ながい間、顔も合せていない人も来た。遠くから汽車に乗って来た人もあった。「じいちゃんは草花が好きだったんだねえ、」と感慨をもって言う人もいた。窓のそとの花壇に、花の鉢植が列んでいる。好い天気であった。強いて青山さんの話をする、と言う風ではなく、みな、勝手な話をしていた。以前に、NHKで放送したと言う青山さんの「真贋」と題する話が、テープで流されたが、それも自然に行われたので、気持が宜かった。青山さんの声を聞いて、始めてのように涙ぐんだ人もあった。

そのときの席で、私は永井龍男さんと隣り合せに坐った。このとき永井さんは面白い話を聞かせてくれた。ずっと以前、永井さんは青山さんの生家である麻布新広尾町の長屋の棟つづきに住んでいたことがある。青山さんの家の人たちが建てた長屋に、青山さんも永井さんも隣り合せて住んでいた、と言う方が分りが好い。香典返しに、私たちは青山さんの「陶経」の復刻版を貰ったが、それの奥附を見ると、陶経の発行所は新広尾町の青山さんの生家と同番地で、「二郎龍書房」となっている。青山さんと永井さんが共同で、出版事業をやっていて、そこで発行した形式になっている。二人はそれほど仲が宜かったのであろう。昭和六年四月十五日印刷、昭和六年四月二十日発行となっているので見ると、永井さんのこのとき話してくれたことも、或いはこの頃のことではなかっただろうか。永井さんが青山さんのところへ這入って見ると、青山さんは机に向って何か描いている。

墨が摺ってある。絵具皿の上に、二、三色の絵具が溶いてある。細長い和紙が拡げてあって、その真ん中に一本線が引いてあり、何か面白い配置のものが描いてある、絵のようなものが描いてある。「何を描いているんだい、」と永井さんが訊くと、例の顔をして、「借金表を書いているんだよ。」と言ったとのことである。よく見ると、字も書いてあるが、何か、本の装幀でもしているような図柄である。いまになって考えると、このとき見たあの借金表が、あの数多い青山さんの本の装幀の、第一号ではなかったかと思われる。永井さんは笑いながら、そう言う話をしてくれた。

この話でも分るように、青山さんは借金表を書くことが好きである。金のあるときもないときも、青山さんは借金をする癖があった。おかしなことであるが、青山さんにはそのとき、自分の持っている金で、どれだけのことをするのがちょうど好いか、それを考える習慣がなかったからである。それだのに、或いはそれだから、その借金の額を、絶えず何かに書き記しておきたかった。風呂場の壁に書いたこともある。障子に書いたこともある。「あれは青山の良心ですよ。」と、いつか石原さんが言ったことがあったが、青山さんには、執念深い、と言う形容が当っているほど、金銭の貸借には結着をつけておきたい、と言う願望があった。ひょっとしたら青山さんには、金銭の貸借ほど簡単明瞭に、善悪のけじめをつける標準になるものはない、と思われたのではなかったか。

しかし、青山さんの借金表には、勿論借金表であるから、いつでも、誰々に幾ら幾ら借りがある、と借りの方ばかり明細に書き列ねてある。一つくらい、誰々には幾ら幾ら貸しがある、と貸しの方も書いてありそうなものだのに、貸しはなくて借りの方ばかりがあったのか。或いは貸しもあったのに、それをとり立てて書くほどの気はなかったのか。青山さんにとっては、そのことは問題ではなかったのか。面白いことである。

永井さんの話してくれた青山さんのこの借金表は、私も見ておきたかった。ともあれ、四十九日の法要などと言うのではなく、何か愉しい会合があって、人々が集っている、と言うように思われた。出された弁当も旨かった。奥の小間の床の間に、お骨が飾ってあって、その上に青山さんの、ちょっと笑ったような写真と位牌がおいてあり、畳の上に備前の大きな甕があって、花がざっくりと挿してある。ただそれだけで、祭壇のようなものがまるで設けてなかった。人々はその前で手を合せたのであるが、これも気持が宜かった。

24

　私が青山さんに始めて会ったのは、いつ頃のことであったろう。中山義秀と真杉静枝が結婚して、その披露宴と言うのが、都内の大きな料亭で催されたときのことである。私がその座敷へ這入ろうとして、広い廊下を向うから歩いて来たとき、反対に、部屋の中から廊下へ出ようとした青山さんと、鉢合せになりそうな形で、ぱったりと出会った。「あっ、青山さんだ、」と思った。誰にも紹介されたこともないのに、それが青山さんだと分ったとき、青山さんもまた、それが私であるのを認めたに違いない、そう思ったものである。いま思うと、始めて会ったもの同志が、相手を間違いなく認識すると言うことなぞ、あり得ないように思われるが、しかし、確かにそうに違いなかった。青山さんと言う人の印象が、私にとっては、それほど強烈であった。

　私はいつでも、この青山さんとの出会いのときの、あのはっとした気合いのような感情を思い出す。青山さんとの、四十年にあまる長いつき合いの間、私は青山さんから、凡ゆる器物、光悦の経箱から、くらわんかの茶碗まで見せられていたのに、実のことを言うと、私には器物のことが分らなかった。或いは、それほど好きにはならなかった。私にとっては、器物を見るよりも、青山さん自身と接していること、そのことが好きであった。このことは青山さんには分っていた。私に関する限り、どんな器物を見せるときも、これはこう言うところが好いのだ。見てごらん。これとこれとはこんなに違うだろう、などと言って、手にとって見せるようなことはなかった。青山さんも人によっては全く違った見せ方をしたに違いないのに、私に対してはこんな風でしかなかった。ただ見せられただけである。ものの鑑賞に、説明は不要である、と言うことであったのだろうか。ただ、お前自身が見ろ、お前自身が感じろ、と言っていたのであったように、いまになるとそう思われる。私が始めて青山さんを見たとき、あっ、青山さんだと感じたあの呼吸で、器物も見ることだと言うのであろうか。

しかし、いまになって考えると、青山さんは私に対して、器物の見方が正確でないことで、そんなことで私を投げ出したりしていたのではなかった。ひょっとしたら、その反対に、とんでもない期待をもって、私の見方を見ていたのかと思われる。青山さんはとんでもない、愚かな見当違いをしている、と、人が聞いたら吹き出すようなことであったかも知れないのに、私の中に青山さんはありもしないものを見ていたのかも知れない。青山さんが亡くなったいま、そのことを考えると、ううっと胸の中に湯のようなあたたかいものが湧いて来るような、不思議な気持になる。「宇野さん、」

と或る日私を呼んで、青山さんは突然こんなことを言った。「茶碗を作ってみないか。茶碗を、」何のことか分らなかった。「この間、大本教のお直ばあさんの作った茶碗と言うのを見せられたが、宇野さんが作ると、あれに似たものが出来ると思うんだよ。作為のない、とても無邪気なものだが、何とも言えない好い茶碗だったよ。」茶碗って、あの、青山さんが幾つも幾つも仕覆に包んだり、箱に入れたりして大事そうにしまっている、あの茶碗のことなのか。私がまるでそんなことを知らないので、その知らないと言うことを狙って、とんでもない無邪気な好いものが出来る、と青山さんは思っているのか。大本教のお直ばあさんの作った茶碗と言うのが、勿論見たことも聞いたこともないのに、そのとき、私には分ったような気がした。それにしても、茶碗を作るなどと言うことが、土をこねたことも、轆轤（ろくろ）を引いたこともない私に、出来るなんて、そんなことがあるだろうか、と、私はそう言われた瞬間に、尻込みして了った。そんなことを言われたことで喜ぶどころか、猫があとしさりするときの格好みたいになって、体を縮めた。そんな、茶碗を作るなんてことは出来ない、と剣もほろろに言って了ったそのときの私の権幕を見て、青山さんは二度とそのことを口に出さなかった。

ながい間、私はこのことを忘れていた。青山さんが亡くなって、あれこれと青山さんのことを思い出している中に、突然、つい二、三日前に、昨日あったことのようにまざまざとそのときの青山さんの顔つきまで思い出した。もしあのとき、私があんなに尻込みしないで、素直に青山さんの言うことをそのまま真にうけて、その茶碗と言うものを作っていたら、どうであったろうか。土をこねたことも轆轤を引いたこともない私が、ひょっとしたら、とんでもない無心なものを作っていたのではなかったか。どうして私は青山さんの言うことを、そのまま真にうけなかったのであろう。あれはいまから八、九年も前に青山さんから見せられたものであったが、青山さんがどこかの田舎の古道具屋で見つけて来て、自分で「たんぽぽ」と言う名前をつけて愛蔵している茶碗があった。大きさは普通の茶碗よりちょっと小ぶりである。

　手にとると、思いもかけないほど重いので、見ると、底の、見込みのところが、どう言う訳か土が一寸五分くらいの厚さのままに残してある。厚くなったけど、まア好いや、と言う風で気にもとめないでそのまま、作りながら、何の心配もなく、出来上ったままにしておいた、と言う具合に見える。鼠色の上釉の上に、何か絵が描いてある。青山さんは「たんぽぽ」と言う名をつけているけれど、たんぽぽではない。稚拙な、マッチの軸のような枝がぎくしゃく描いてあってどの枝の上にも、葱坊主のような点々のあるまるい花が描いてある。「じじいと孫とが一緒になって、一生懸命、仕上げたものに違いないよ。」と青山さんが言っていたのを、私は思い出した。あれだ。あの茶碗だ。あの「たんぽぽ」のような茶碗だ。何の成心もなく、無心に作り上げたあの茶碗だ。あんなものが私にこしらえられると、青山さんが思ったのだと言うことが、ふっと私の胸に思い浮んだのである。それには私の一生の間に二度とは作れない、或るものがあった。そうだ。青山さんはそれを私に作らせたかったのだ、と思ったものであるが、もう遅い。

思い出して見ると、青山さんの私に托したいろいろな事柄を、私は一つとして了ってはいない。一昨年の春、青山さんが体を悪くしてから、私は青山さんについてのいろいろなことを書きとめ、青山さんとはこう言う人間であったと言うことを、のちのちの人にまで知って貰いたいと思って、この「青山二郎の話」を書き始めたのであったが、人のことを書くのに、その人に対する尊敬と感動と尽きることのない愛と好奇心とを持ったものだけが、この仕事に適しているのだと思い、その点では、私をおいてほかには誰もいない、と自惚れていたのであるが、それほどの思いをもって始めた仕事であるのに、果して所期の成果を上げているかどうか。青山さんと言う人の肖像の、おぼろ気な影だけでも描き上げているかどうかを怪しむ。

あれは私が青山さんに会った始めの頃、私は青山さんから何か瀬戸物を貰った記憶がある。いまから四十年も前のことで、たぶん、ぐい呑みのようなものを貰ったのであると思うが、それが何であったか、いまになると、全く思い出せない。いま考えると、私は瀬戸物など、それほど好きと言うのではなかった。或いは青山さんはそのぐい呑みで、私を瀬戸物の世界へ入門させる最初の糸口を作ってくれる積りであったのかも知れないのに、そのぐい呑みがどんなものであったか、それさえ思い出せないのであった。

おかしなことであるが、私には瀬戸物よりも青山さん自身の方が好きであった。瀬戸物を介在させず、青山さん自身を知ることの方が好き、と言うのであったのか。その頃の私には、瀬戸物のことを知るのは、それほど大切だとは思われなかった。瀬戸物のことなど、どうでも宜かった。なぜ、青山さんが瀬戸物をそんなにまで好きなのか、分ろうともしなかった。青山さんの人間そのものが好きなら、その青山さんと同じように、瀬戸物を知るのが青山さんを知る近道である、などとは思わなかったのか。ただ、たびたび、青山さんの家へ出掛けて行った。これは私の生涯を通じての悪癖であったが、何とも言いようのないほどしばしば、青山さんの家へ出掛けて行った。

青山さんはあの頃、伊東の家に住んでいた。青山さんは伊東が好きで、伊東でも、いろいろのところへ越して行っていたが、その最初の頃の家であった。

私の記憶では、誰かが一緒に住んでいたようではなかった。それでは青山さんは独身であったのか、独身であったのに、それでも構わず、しばしば会いに行ったのか、或いは独身であってもなくても、それが気にならない、そう言うものが青山さんにはあったのか。いま思い出しても不思議であるが、青山さんと二人でいて、瀬戸物の話をせず、それでは一体、どんな話をしたのかも分らなかった。「じゃあ、また来ます。」と言って、私が帰ろうとすると、青山さんは私をとめた。もっといても宜かったが、何であったか、どうしても帰らなければならないことがあった。「また、来ます。」と言って、私が玄関で履物を穿き、門のそとへ出ようとすると、青山さんも同じように私のあとから出て来た。

「あら、あなたも一緒にお出掛けになるの、」と言ったのであるが、そのときになって私は、青山さんが私の帰るのが気に入らない、いや、怒っている、と分ったのであった。しかし、私にはどうしても帰らなければならないことがあった。子供が追っかけっこをする、あの一瞬の気持で、私はいきなり駆け出した。青山さんは生垣のある家の角のところでちょっと立っていたが、私が駆け出した瞬間に私を追って来た。私は息も出来ないほど駆けて逃げた。

あのときのことを私は昨日のことのように生き生きと思い出す。そのことは、女である私が逃げて、男である青山さんが追って来たと言うことは、何か私が自慢しているように聞える。自慢しているのか、或いは嬉しがっているのか私にも分らないが、しかし、その瞬間は何とも生き生きした瞬間であった、そう思うのであった。まだ居てほしい、と思ったから追いかけた。この直截な行動が、青山さん自身のものであった、と私はいまになって気がつく。私たちは凡そ、こう言う直截な行動をしない。とうにそう言う気持を失っているからである。私がこのことを四十年も経ったいまでも忘れないでいるのは、それを自慢しているのでもなく、嬉しがっているのでもなく、青山さんの生きている瞬間を見た、そう思ったからである。

青山さんに接して、青山さんを好きにならない人は一人もいない。何故か。それは、何事をも説明せず、あらゆる瞬間に、最も直截簡明な行動しかとらない、そう言う青山さんが好きだからである。青山さんは一生の間、この子供心を失うことがなかったからである。

※底本では「恵子」とあるが、初出誌に拠って「愛子」とした

初出『海』一九七七年九月号〜一九八〇年一月号
『青山二郎の話』一九八〇年一一月　中央公論社

和ちゃんの話

1

青山二郎のおくさんである和ちゃんのことを、私たちは面と向って、おくさん、などと呼んだことはない。単に和ちゃんと呼んでいるが、それが自然だったからだ、とも何とも思わず、いつでも和ちゃんと呼んでいた。この夫婦のことを併せて考えて見ると、青山二郎は齢よりも老けて見え、和ちゃんは小柄でとても若く見えるので、ちょっと見ると、夫婦ではなく親子のように見える。一体、和ちゃんは幾つくらいの齢に始めて青山さんに出会ったのだろう、といつでも思いながら、訊くこともなかったが、或るとき私は何気なくそれを訊いて見た。「あなたが九つか十くらいのときに、始めて会ったのでしょう。」お会いになったのでしょう、などと、よそよそしい訊き方はしないのが、私たちの間の習慣であった。

「いえ、十二のとき。中学一年のときの夏だったから、昭和十五年の八月だったわ。」

記憶の確かな和ちゃんは、言下にはっきりとそう答えた。中学一年生のときで、学校の夏休みに、和ちゃんの姉さんが弟も一緒に、海へつれて行ってやる、と言って、千葉の館山の海岸へ連れて行ってくれたときのことであると言う。その頃東京から、東京湾汽船と言う、八丈島や三宅島へ行く船が出ていて、その船で行ったとのことであるが、館山の桟橋に着くと、じいちゃんと睦(むう)ちゃんと愛子さんとが迎えに出ていた。確かにこのとき、じいちゃん、と和ちゃんは言ったのであるが、このじいちゃんと言う呼び方が青山二郎のことであるのを、私たちはもうとうから知っていたので、和ちゃんがそう呼んでも、一向に奇異な感じを受けなかった。じいちゃんと言うのは青山さんの別名で、お爺さんと言う意味ではなく、二郎ちゃんと言う子供の頃からの呼び方をもじって、じいちゃん、と呼ぶのが青山さんに対する親近的な呼び方なのであった。桟橋に一緒に迎えに出ていたと言う愛子さんは和ちゃんの叔母さんで、その頃の青山さんのおくさんであった。もう一人の睦ちゃんと言うのは、その後も青山さんたちの間の話にしばしば出て来る、その頃から人に知られていたきれいな女の人なのであった。

栈橋で始めて青山さんを見た瞬間から、和ちゃんはおや、と思った。それは本能的な感覚であったが、そのときの青山さんは普通の男の人の大人とは違って、見たらすぐに子供が好きになるような、そう言う印象であった。和ちゃんの眼には和ちゃんのお父さんよりも十も上の人のように思われたのであったが、（実際には十くらい若かったのである。）そんなに齢上の人のように見えても、それでもすぐ好きになったから不思議である。持って来た自転車の荷台の上に和ちゃんたちのトランクを乗っけて運んでくれたりしたのであるが、その様子がいかにも自然であった。そのときの印象で一番面白かったのは、青山さんの髪の毛が白髪と言うのとも違う、白髪や、うす黄色い色や、うす茶色や、その他いろんな色の毛がまじっていて、和ちゃんにはそのことが無しょうに面白くて、宿に着いてからもすぐ、青山さんの肩に上って、その毛を両手で揉みくしゃにしては、面白がったものであったと言う。

館山と言うところは、その頃でも有数な海水浴場で、入江がとても深く、夏になると、いまで言う民宿と言うのか、一軒家を借りうけて滞在する客が多かった。じいちゃんの借りていたのも、庭つきの一軒家で、そこへ友だちを呼んだりしていた。そのときは、おくさんの愛子さんも勿論であるが、睦ちゃんも和ちゃんの姉弟たちも、みな気のおけない者ばかりが一緒であった。一体に青山さんは人に気をおかず、誰とでもすぐ仲よくなるのであるが、和ちゃんの言葉によると、「どう言うのか、私のことをとても気に入ってくれて、」とそのときの印象をくり返し話したものである。何しろ和ちゃんがとても小柄で、人に、「お嬢さん幾つ、」と訊かれると、一年生だと答えるたびに、中学の一年生ではなく小学校の一年生かと間違えられるほどに小さかったので、そのせいもあって、じいちゃんに気に入られたのかも知れないと言う。

青山さんは和ちゃんを海につれて行って、すぐに泳ぎを教えてくれた。青山さんは何でも、ものを教えると言うことがとても巧かった。こうするんだ、などと口では言わず、手をとって、いきなり水の中へ入れたりした。和ちゃんはあんまり小さくて、背が立たないので、水の中で青山さんの体にかじりついて、青山さんの頭を踏み台にしてとび込んだりする。青山さんの姪に、耳の悪い人がいたが、この人にも、たった一回で泳ぎを覚えさせて了ったものである。怖がらせないで、一ぺんで浮き身から覚えさせちゃう。青山さんの体にこっちがかじりついているとき、青山さんはわざと水の中へもぐっちゃう。しょうがないから、こっちも一緒にもぐっちゃう、と言う調子で、思わず覚えさせられて了うのであった。

「じいちゃんに始めて会ったとき、とても印象的だったと言うのは、それも一種の出会いね、」和ちゃんはそのときのことを、こう言って話した。「亀の子、」と話の途中でいきなりそう言って、和ちゃんはほほと笑い出した。青山さんは和ちゃんが、青山さんの上に摑まって、足だけで水を搔いている間に、まるで亀の子が、親亀の上に乗っかって一緒に泳いでいるような気がして、何となく安心で、思わず水泳を覚えて了ったと言う、そのときの話なのであった。

とにかく、和ちゃんの話によると、青山さんとは出会いのときから、「気が合った、」の一語であった。石風呂に出掛けて行ったときにも、青山さんは自分の腕を枕にしろ、ここへ寝ろ、と言ったりした。和ちゃんはそのときも、何の気もなく、言われた通りにした。和ちゃんはあんまり稚なかったので、そんなことをするのはへんだ、などとは思わなかった。「お前は俺のここんところから生れたんだぞ、」と言って、自分の腋の下に手を入れて示したりしたときにも、和ちゃんは面白がって、ただ笑っていただけであった。「男の中でも大人の大人で、いままでにもあんな人、見たこともなかった。それで一ぺんに好きになったのでしょうね、」和ちゃんはそのときの自分の気持をこんな風に語るのであった。

それにしても、私たちの気持の中には、いつでも、このとき青山二郎には愛子さんと言う、和ちゃんにとっては叔母さんである人がおくさんであった、と言う観念があるのであった。そして、ちょっと言い難いことだけれども、一ぺん和ちゃんにこのことを訊いて見たい、と思っていたのだった。これは全く野暮な質問であった。和ちゃんはあっさりと言下に、「ええ、愛子さんはじいちゃんと結婚してたから、一緒に住んでたのよ。でも、愛子さんはうちの長女だったから、家を継がなきゃならなかったとかで、籍へ入れるのは、とても遅かったと言うことだけど、」つまり、愛子さんの結婚と和ちゃんと青山二郎の間の親しさとは、何の関係もない、と解釈しているようなのであった。そして、このことは、その頃の和ちゃんにとっても青山さんにとっても、自然な解釈に違いなかったと私にも思われた。和ちゃんがあんまり子供子供していたから、周囲の人たちも勿論、気にかけてはいなかった。しかし、その中でただ一人、愛子さんと同名の石田の愛子さんと言う人は、「子供と仲よくすると、罪になるのよ。」と言っていたとか言う話であったが、そんなことに耳を傾ける人はいなかった。和ちゃんの家の親たちも、そんなに和子が気に入られているのだったら、いっそ、青山さんの家の子供に貰って貰いたいものだ、と言っていたくらいであったと言う。

青山さんはヨットが好きで、最初、和ちゃんが館山へ行ったときにも、一日中、ヨットに乗っていた。「それはじいちゃんのヨット、」と訊くと、そうではない。借りているヨットだけれども、貸しボート屋が趣味で設計した特殊な形のものでも、まるで自分のヨットみたいに、毎日、違ったヨットを乗り廻していた。借り賃も大変だろうと、はたの者がはらはらしていたくらいであったが、まるで自家用のものみたいに乗り廻していた。それを見たほかの客が、「俺にもあれを貸してくれ、」と言っても、ボート屋はあれは貸し切りだから、ととり合わない。新しいヨットが出来ると、青山さんが来るまで、人を乗せないで待っていた。たまによその人を乗せちゃったときは、性能の悪い、下駄ヨットと言って、へんなのがあるんだが、それを貸す。貸しボート屋の青山さんに対する気の入れ方と言うか、そんなものが分るような気がする。

何しろ、一日中、ヨットの上で暮すのであるから、和ちゃんはいつでも体がゆれてるようで、陸に上ったときにも、地面が揺れてるような気がする。船酔いなんかではないのに、そんな気がするくらい、ヨットの上で暮したものであるから、その中、青山さんは和ちゃんを摑まえて、ヨットの操縦術まで教えたものであった。お世辞かどうか分らないが、「よう、巧いぞ、」と言ったりした。和ちゃんにとっては、それがヨットであろうが何であろうが、子供が自転車にでも乗っているときのように、一種の運動神経で、平気でヨットを操縦したのかも知れない。しかし、そんなことも、青山さんの和ちゃんに対する気持の動いたことの一つであったかも知れない。

そのときの和ちゃんには、ヨットも自分の思うように、自由になるような気がした。しまいには、ヨットが傾くと、これ以上傾いたらひっくり返っちゃうと言う、これがぎりぎりの限度、と言うことが感覚的に分るようにまでなった。あんまり傾かせると、走り方が違って来る。それが分るようになったのである。青山さんはそう言う和ちゃんに、舵とりまで教えずにはいられなかった。つまり、青山さんにとっては、自分の好きなヨットに乗せても、忽ち(たちま)舵とりまで覚えて了う和ちゃんの反応に、無関心ではいられなかったのである。

2

その頃青山さんは四谷の花園アパートと言うところに住んでいた。代々木前の、塩町のもう一つ先きで、新宿御苑の裏側に当る、と和ちゃんが話し出したとき、おや、私はその頃、同じ新宿御苑の表の入り口の、四谷大番町と言うところに住んでいた。後年、あんなに仲よしになった青山さんと、御苑を挟んで裏表に住んでいたのに、知らないでいたとはおかしなものだ、とそんなことを思ったものである。

海から帰って、和ちゃんは始めて青山さんのそのアパートを訪ねた。海に行っていた間に、いろいろと世話になったので、一ぺん、礼を言いに行っておくべきだ、と言われて、母に連れられて行ったのである。和ちゃんはアパートと言うものを、そのとき始めて見た。何だか暗い、広い入り口がとても印象的であったと言う。部屋の這入り口の扉に、楽書きみたいな大きな文字で、「面会謝絶、夜間来訪厳禁、」などと書いた紙がべたべたと貼ってあるのに、部屋の中には客がおおぜい来ていて、がやがやと騒いでいるのが、いかにもおかしかったが、同じアパートの中に、創元社の社員や、その他の友だちたちも住んでいるのだから、防ぎようがなかったのかも知れない。通りに面した廊下のガラス窓には、青山さんの装幀した紙が、窓の腰貼りになって貼ってあった。その頃は青山さんの一番さかんに装幀をしていた頃で、例の創元選書の表紙など、目を瞠るようなものがあった。部屋の中も、奇妙奇天烈なアイディアで、古い特殊な一つ一つ形の違っている西洋家具が所狭しと置いてあって、真ん中に二脚、とても大型のアームチェアが碁盤を中にして置いてある。その碁盤が机の代りになっていたが、客と碁を打っていることもあった。「ほほほ、」と和ちゃんはまた笑い出した。その花園アパートでも部屋を二軒分借りていたが、この二軒分、同じ作りのものを借りると言うのが、青山さんの癖であったと言う。そう言えば、私の知っている原宿の豪華なマンション、ビラ・ビアンカに住んでいたときにも、一緒に二軒分を手に入れたので、当然のことであるが、入り口が二つあった。また、伊東に借家を借りて住んだときにも、二軒つづきの家を一ぺんに借りたことがある。そして、その借家を借りたあと、海のよく見える伊東の丘に、自分の設計で家を建てたことがあったが、そのときにも、一ぺんに二軒続いている家を建てたので、入り口は二つあるのに、内部では続いている、迷路のような家であった。

その、いつのときでも二つ入り口のある家に住む青山さんの習癖を、和ちゃんはほほほほほと笑ったのであるが、私には、ひょっとこれは、青山さんの心の中に隠れている或る心情の現われなのではあるまいか、と思われたのである。青山さんは自分のぐるりに集って来る種々雑多な人々を、やはり全部うけ入れている自分の性癖から、何とかしはその来訪を一応拒みながら、面会謝絶、夜間来訪厳禁などと言って、一旦て逃れたいと思っていたのではあるまいか、と思われる。二軒の家を一ぺんに手に入れ、もし、そう言うことが出来るなら、一軒の家の入り口から這入ったとしても、一軒の家の入り口からは出て行きたいと思っているのか、或いは、一軒の家から這入り、一軒の家には身を隠したい、そう思っているのではあるまいか。そんな気がしたのである。「青山二郎」と楷書で書いた表札が、一軒の家には出ているのに、もう一軒の家には表札も何も出ていない。つまり、人の眼には誰が住んでいるのか分らない。もしくは、誰も住んでいない家のように見せたのではあるまいか。表札の出ている家の方には、家具、その他の調度が全部揃っていて、誰が見ても、これが青山二郎の家、と言う体裁をなしているのに、もう一軒の、表札の出ていない方の家には、寝るための支度と膳椀だけがおいてあり、凡ての客たちの眼から隠れて、休息するためだけに使っていたのではあるまいか、と私にはそう思われたのであった。

この、花園アパートでもやはり同じことで、一つの部屋の方は、足の踏み込み場もないほど家具が一ぱい置いてあるのに、もう一つの部屋の方は畳を敷いたままで、押入の唐紙を外して、その中に、ベッドみたいな簡単な寝床をこしらえて、青山さんはそこに寝ていた。和ちゃんはそのときも笑って、青山さんの生活は昔からいつでも同じことで、寝ているのか起きているのか分らなかったと言う。その簡易ベッドの向うには大きな電蓄、いまで言うステレオを置いて、一日中、レコードを聴いていた。その頃はレコードに夢中であった。

青山さんは自分で家を建てたりはしないで、アパートを借りて手軽るに住むのが習慣であった。青山さんの父親である八郎衛門が、家を建ててやろうと言ったときにも、建ててくれたあとで、ご隠居さまなどと言って、居坐られては困るからなァ、と言って、決して建てさせなかった。アパート住いは便利で、諸事、安上りであったから、その頃の青山さんの生活にとっては、一番気楽であったのかも知れない。

子供であった和ちゃんの眼には、しかし、そのアパート暮しはいかにも珍しく見えた。窓のすぐ外に、小さな庭みたいなものがあって、そこに炭を何俵も買い溜め、紐を編んで作った縄みたいなもので縛って置いて、その間に靴を入れたりするところが作ってあったりする。普通に見ても奇妙なアイディアなので、子供と言うものは、何でも奇妙な変ったことがしてあるのを見るのが好きなもので、細かいところまで、一々、覗いて見たりする。それがまた、青山さんの眼には面白く映った、と言う訳であったかと思われる。

その頃、和ちゃんの通っていた女学校は、麴町の女子学院と言うアメリカ系の宗教法人の学校で、一週間の中、土曜日曜が休みで、五日制であった。一週間に二日休みがあると言うので、それが気に入ってその学校を撰んだと言うのであるから、他愛もないことであったが、青山さんのところへ行くのに、最初の一度だけは、母につれられて行ったが、あとは、どうせ学校は土曜日曜休みなのだから、泊りがけでお出で、と言われて、それからは土曜日から和ちゃんひとりで出掛けて行くようになったと言う。

その頃、青山さんのおくさんであった愛子さんは、和ちゃんにとっては血続きの叔母である。和ちゃんが青山さんの家へ泊り掛けで出掛けて行ったりしても、誰も不思議に思わなくても、それは極く自然のことであった。和ちゃんが最初にひとりで青山さんのところへ行ったときには、青山さんは留守で、夜おそく酔っぱらって帰って来たのであるが、翌くる朝、始めて青山さんの朝の様子を見た和ちゃんはおかしくてたまらなかった。顔を洗うのにも洗面所へ行ったりなぞしないで、ベッドに横になったまま、歯を磨くのにも石鹸と粉ハミガキとを混ぜて口に入れ、「こうすると、この石鹸が好い石鹸か悪い石鹸か分るんだよ。」などと言いながら磨いている。その習慣はその頃から死ぬときまで続いていた、と和ちゃんは言ったが、歯を磨くのにもベッドの中でするると言う青山さんの様子を見ても、ただ、おかしかったと言う感想を述べる和ちゃんも、どこか変った娘であったのか、と私は思ったものである。

歯を磨いてから食事をするのにも、膳の上に食べるものを列(なら)べて運ばせる、と言う風で、寝ているのか起きているのか分らない。やがて、裸のまま、部屋の中を行ったり来たりして、レコードを掛ける、と言うのが習慣であった。昔のレコードは大変である。裏表をかけるのであるから、行ったり来たり、行ったり来たり、と言って、和ちゃんはまた笑った。

青山さんが花園アパートを越したのは、伊東へ疎開したときのことであった。

その頃、疎開すると言うことが流行(はや)っていたが、青山さんはその流行する一年も前に、伊東へ行ったのであった。伊東には七、八年もいたであろうか。和ちゃんの話によると、青山さんは七、八年から十年くらいすると、引っ越すのが癖であったと言う。

愛子さんとは伊東の生活の終りの頃に別れたのであったと言うが、私はちょうどその頃、銀座の街でスタイルの店と言うのをやっていて、その店の一隅に住んでいたのであるが、毎朝、アーデンと言う近所にあった美容院へ出掛けて、髪をとかして貰っていた。何でも青山さんから電話か何かで知らせがあって、愛子さんをその美容院で働けるように世話をしてくれないか、と頼まれた記憶がある。いま思うと、それが青山さんと愛子さんとの別れる、ちょうどそのときだったかと思われる。

愛子さんはしばらくその美容院にいて、やがて止めて了った。「そこにいた人が独立すると言うので、それにくっついて一緒に止めたらしいんだけど、」と和ちゃんは言う。愛子さんが青山さんと別れたのについては、和ちゃんと言うものの存在が原因になっていたのではなかったかと、それとなく、私たちは思ったりしたものであるが、和ちゃんは、「学校があったでしょう。だから、夏休みになって伊東へ行って泳いだりしたんだけれど、その中、戦争が酷くなって、海で泳ぐどころではなくなっちゃったんですよね。狙われますもの、」と何でもないことのように話していたのである。

その話の続きで、私が何気なく、「青山さんが愛子さんと別れても、和ちゃんは伊東へ出掛けてたんでしょう。」と訊くと、和ちゃんは、「いいえ、行きませんでした。」

と答える。「どうして、」と私が訊くと、「だって、いろいろありましたもの。親たちが行かせなかったんです。」と答えた。どうして、などと私が訊いたのは、いま考えると、青山さんたちが別れたのちにも、和ちゃんは相変らず、伊東へ出掛けていた、と言う方が、私には自然であるように、そのときは思われたからであった。

3

「話の順序でお聞きしたいんだけど、」と私は前置きして、やはり口を噤んだ。青山二郎の背中に乗っかって泳いだり、青山二郎の白髪の髪をもみくしゃにして遊んだりしていた稚い和ちゃんが、やがて、その青山二郎を男として感覚するようになり、いつか男女の関係にまで這入るようになったのは、いつ、どこでかと言うことを、私は聞きたかったのであるが、しかし、この質問をどう言う言葉で始めたら好いのか、分らなかったのである。

私の問い方が的確であったら、和ちゃんは隠さずに話してくれたと、私は信じていたが、和ちゃんも私と同じように、どう言う答え方をしたら好いか分らなかったと思う。私はまた続けて、二、三の不的確な訊き方をした。すると和ちゃんは顔をあからめて、「おじさんのままで、いつまでもいた方が宜かったのに、と言う気がしたんだけど、」と話し出した、この一語が皮切りで、和ちゃんもまた、私の質問が避けられないことと覚悟をして、ぽつんぽつんと話をしてくれた。

初出『海』一九八一年一〇月号

青山二郎さんの思い出

　三月二十七日の朝、青山二郎さんが亡くなった。陶器その他の目利きとして、右に出る者がない、と言われていた青山さんであるが、およそ四、五十年の間も、行き来していたのに、私の中には、青山さんの残したものが何であったか、いまになると、答えることが出来ない。

　私が青山二郎さんに始めて会ったのは、いつごろのことであったか。中山義秀と真杉静枝とが結婚して、その披露の会が東京の町中の大きな日本料理屋であったときのことである。座敷へはいろうとして廊下を歩いて来たとき、青山さんが座敷の中から出て来るのと一緒に、その広い廊下でぱったりと出会ったものである。

　だれからも紹介されたのではないのに、「あっ！　青山さんだ」と私が思った瞬間に、青山さんもまた、それが私であるのを認めたに違いない、と私はそう思ったものであった。いま思うと、そんなことがあり得るとは思えないのに、どうしてもそう言う気がしたのであった。青山さんと言う人の印象が、それほど強烈であったとも言えるし、私との出会いもまた、印象的であったのだと言う気もする。

しかし、四五十年のつき合いの中で、私は青山さんから、あらゆる器物、光悦の文箱からくらわんかの茶碗まで見せられていたのに、一度として、これはこう言うものだから好いのだ、と言って教えられたことはない。

ただ見せられただけである。ものの鑑賞に、説明は不用である、と言うことであったろうか。私が始めて青山さんを見たとき、あっ！　青山さんだと思ったあの呼吸で、見ることだと言うのであったろうか。

本好きの人の家に、万巻の書があるように、青山さんの家には、あらゆる器物がしまってある。それらのものをつぶさに見れば、青山さんはどう言う人だったかと言うことが、手にとるように分かるはずであるが、私の感じ方で言うと、そう言うことだけでは、正確ではないような気がする。

青山さんはただ、単に、世に稀(ま)れな器物の鑑賞家であっただけではない。世にも美しい精神を持っていたために、その正反対のものをまで隠し持っているかと思われる、或る高度の精神世界を遊泳していた人であった。確かにそうであったに違いない、と私には思われるのであった。

葬式が済んでから幾日かたった或る日、三宅艶子さんが私にこう言った。「青山さんの脳髄こそ、解剖しなければならないものだと思ったわ」。この言葉くらい、私を驚愕させ、そして、また、ああ、そうであったかと思わせたものはなかった。

初出『讀賣新聞』一九七九年四月一一日夕刊

説明をしなかった青山さん

三月二十七日の朝、青山二郎さんが亡くなった。持病はあったが、筋骨たくましく、叩いても死なないように見えた青山さんが、まだ、十年も二十年も生きていると思っていた青山さんが、こんなに早く亡くなるとは思わなかった。和子さんから知らせをうけて飛んで行ったのであったが、死顔は想像していた通り、澄んでいて美しかった。人間の抽象体とは、こう言う顔のものかと感銘した。

二年ほど前から私は、「青山二郎の話」と言う、人々からの聞き書を書いているので、青山さんのことでは、書きたいと思うことがいろいろある。しかし、青山さんの仕事である陶器の鑑賞についての理解は、私には皆無と言っても好いほどなので、このことを外して、青山さんを理解することがあるとしたら、それは何か、と、絶えずそのことを考えて書いて来たのであった。私に与えられた題目は一つだけである。それは青山さんがどう生きたか、と言うことであった。青山さんがどんな陶器をどう認めたかと言うことは外して、何を考え、どう生きたかと言うことであった。

　青山さんの生い立ちには、いまでも不明なところがある。生れた家はどう言う家であったか、と言うことは分っているのに、その家でどう育ったかと言うことが、はっきりとは分らない。父と母との極端に相反した人柄の間で、青山さんが子供心に見たものは何であったか、そして、兄とただ二人きりであった兄弟が、父母の性格そのままを生き写しに分けて持っているかと思われ、その、判こで押した見本のように思われる現象が、実は青山さん自身の中にも、相反する二つの形相となって現われる瞬間があるのではないか、いや、あるに違いない、と私は思ったものである。

　人の生活を見るとき、或いは好奇の気持だけを抱いて見るものであろうか。或いは尊敬し、或いは愛しさえもして見るものであろうか。私の仕事としては珍しく、書き上げるのに五、六百枚にはなりそうだと思われる「青山二郎の話」がどう言うものになるのか、私にも分ってはいないが。

　私の眼に映った青山さんには、俗なものがなかった。こう言うときにはこうするもの、と言う世間の眼がなかった。ながい間、それはながい間一緒に暮していた和子さんの中にも、その様子がそのまま伝わっているのかと思ったのは、青山さんの戒名を決めるときのことであった。青山さんの家の宗旨は門徒であると言うことで、青山さんの家からほど近い、北青山の立泉寺の坊さんに来て貰い、相談したのであったが、その坊さんの言うには、宗旨のきまりとして、戒名の字数は六字に限られている。何か、その六字の中に特別に入れたいと思う字があるか、と訊かれたとき和子さんは、「陶」と言う字を入れたい、と即座に答えた。誰の頭にも、このとき、青山さんの著書である『陶経』と言う字が浮び、陶経の経がお経の経にも通じるので、それを入れたら、と言う話になった。翌朝、寺から届いた位牌には、「春光院釈陶経」と書いてあった。

おかしな話をするようであるが、つい去年の春、私の弟が亡くなったとき、田舎の寺から届いた戒名には、凡ゆる美辞麗句が重ねてあり、字数も十字くらいもあったので、これでは何だか立派過ぎる、と思いながらも、また、それでも好いと思ったことがあったのを、私は思い出し、青山さんのこの戒名は、あまりにもさっぱりし過ぎているのではないか、と私が言うと和子さんは、「これで好いわ。じいちゃんらしくて、好いわ。」と一言のもとに、この戒名に賛成の意を表したのであった。じいちゃんと言うのは、青山の二郎ちゃんと言う、呼び名で、子供の頃から、家族の間や仲間うちから、親近感をもって、そう呼ばれていたのであった。そう決ったとなると、いかにもそれで宜かったと私も思ったものであるが、この瞬間に、青山さんの心が、そのまま和子さんに伝わっていると思われ、何とも心あたたまる思いがしたのである。

青山さんの残したものには、たくさんの名器と雑器がある。光悦の文箱から、くらわんかの茶碗まである。眼の利いた人が見ると、そこで青山さんの語りかけて来るものが、たちどころに分るのであろうが、悲しいことに私には、それが、おぼろ気にしか分らない。ながい間のつき合いであったのに、青山さんはそれらの一つについても、これはこれこれであるから面白いのだ、と話してくれたことはない。お前の見たいと思うように見るが好い、とでも言っているようであった。しかし、私は青山さんのこの態度を、少しも残念であったとは思っていない。物ごとを理解するには、これよりほかの方法があるだろうか。青山さんはそのほかの凡(すべ)てのことにも、説明をしないままで亡くなっている。

初出『芸術新潮』一九七九年五月号

はははは

青山二郎さんの一周忌で、谷中の玉林寺へ行った。墓も新しく出来ていた。この墓の形は、青山二郎さんの弟子である林秀雄さんの考案で、生前、青山さんが装幀した本からとったものとかで、在来、普通に考えられている墓の形から、思いきり厚さをとり、つまり、本の形にして残した、あっと言うほど変わったものであった。まだ墓が出来ない前に、その原案の形を、本物の寸法通りに紙に描き、その紙を墓の形に折り畳んだのを見せて貰った。何と言う風流な墓かと、私は感嘆したものである。

感嘆したあまりに、また、いつもの伝で、私もこれと全く同じ形の墓を、故郷の岩国にある菩提寺の教蓮寺に作りたいと思い、思い立つと、その日の中(うち)に教蓮寺に電話をして、土地があるかどうかを確かめて見た。「じいちゃん、あたしもあなたと同じ形のお墓にしたのよ」と言って、あの世で青山さんと話し合っている風景まで、思い浮かべて見たのである。じいちゃん、と言うのは親しい仲間うちでの青山さんの呼び名で、二郎ちゃんと言うのであった。墓地にする地面はあった。今度は私の戒名であるが、これにはちょっと注文があった。私の小説『残っている話』の中に出て来る、四百何十年か前に、千三百七十人の将卒とともに割腹して果てたと言う、私の家の祖先である宇野筑後守正常の戒名、「忠恕院殿前筑州謙峯義宗居士」の中の一字をとって、つけて貰いたかった。その旨をやはり、筑後守の子孫である玖珂町の万久寺の住職、宇野泰文さんへも電話をしたら、十日ほどして、「謙恕院釈尼千瑛」と言う法名を送って来た。嬉しくて礼の言いようもなかった。

あとは墓の形だけである。玉林寺で見た青山さんの墓は、やや繊細であった。もう少し考えて、などと思っている間に、あ、この墓の形を考えたりしているのは、私の生涯の最後の家、第十四番目の家の形を考えているのではないか、とふと気がついた。もう、金輪際、家と言うものは建てない、と思っていたのに、墓だけは別、と言うのか。

さて、ここまで来て考えて見ると、この墓のことまでを含めて、私の一生は凡て、ものごとの色、形、その配分などを考える、言わばデザイン一辺倒の一生であった、と思うのである。本業である文筆の仕事は、決してデザインとは言えない。しかし、文章を書くとき、その起承転結がそのまま、思想の置き方である、と思われることがある。しかし、私はものを書くとき、決してそれを意識して書く訳ではない。心に浮かんだままを、無意識に書き進めて行くのであるが、それでも、一種のデザインをしている、と思うことがある。

きものを作るときは勿論、デザインそのままである。家を何軒も建てたこともそうである。料理を作るときも、発明料理、自慢料理などと言って、私自身が考え出したようなものを作る。何でも自分の考え出したことをやっているのであるが、私もいまは、八十二歳六カ月になる。おかしなことを言うようであるが、この齢になると、冠婚葬祭のたびに包む金も馬鹿にならぬ。それではここで一奮発して、最後のデザインとして、墓を作るのもその一つであるが、もう一つは、この齢になって、もう一度、結婚式と言うものをやらかして見て、一どきに、これまで冠婚葬祭のたびに包んだのし紙の中身の、もとをとってやろうか、と思って見たとは、ははははは、呆れたものではないか。

初出『続幸福を知る才能』一九八三年四月海竜社

青山さんの童心

青山二郎さんのことでは、いろいろなことがあったような気がする。いまから四十年も前のことであるが、私は青山さんから、何か瀬戸物を貰った記憶がある。たぶん、ぐい呑のようなものであったかと思うが、いまになると、それがどういうものであったか、全く思い出せない。瀬戸物が好き、というのではなかった私は、どうも、それが、それほど大切なものだとは思えなかったのかも知れない。申訳のないことであった。

私には、瀬戸物よりも、青山さん自身が好きであった。たびたび会いに行ったが、或るとき、あれは伊東の家で、青山さんは伊東でもいろいろなところへ越していた、その最初の家だったように思うが、会って、何を話したか、それも思い出せないけれど、「じゃ、また来ます、」と言って私が帰ろうとすると、青山さんが私の帰るのが気に入らない、いや、怒っている、と分ったのであった。しかし、私はどうしても帰らなければならなかった。それは、子供が追っかけっこをする、あの一瞬の気持であった。私はいきなり駆け出したのであった。青山さんは私がそこの町角を曲るときまで立って見ていたかと思うが、私が駆け出した瞬間に、青山さんもあとから私を追って来た。私は息も出来ないほど駆けた。

あのときのことを、いまでも思い出す。女である私が逃げて、男である青山さんが追って来たことを取立てて言うのは、私がそれを自慢し、お惚気(のろけ)でも言っているように聞える。自慢しているのか、嬉しがっているのか、私にも分らないが、しかし、何ともそれは、生き生きとした瞬間であった、と思うのである。

まだいてほしい、と思ったから、追いかけた、この直截簡明な行動が、あれが青山さん自身のものであったのだ、といまになって気がつく。私たちは凡(およ)そ、こういう行動はしない。とうに失っている感覚だからである。四十年経ってもまだ私がそれを自慢しているのでもなく、また嬉しがっているのでもなく、青山さんの生きている美しい現象を見たと思ったからである。

しかし青山さんは、私とつき合っていたそのながい間に、一度も、これは美しいことだと言っては教えなかった。また、その生涯の仕事である瀬戸物の世界でも、これは美しいものだ、と一度も、手をとって教えなかった。ただ、お前自身が見ろ、お前自身が感得しろ、と言っていたのだと、いまになって私は気がつく。

青山さんに接して、青山さんを好きにならない人は一人もいない。何故か。それは、何事も説明せず、自分自身の方で、直截簡明な行動をとるからである。青山さんは一生の間、この子供心を失っていなかったからである。

いまから三十五、六年前のことであった。私のやっていた出版事業が当って、多額の現金が舞い込んだことがあった。どこの家でも、こんなことはなかったので、その頃、私に瀬戸物その他の器物を買わせるのが目的で、幾人もの骨董屋が足しげく出這入りした。その頃には私も、多少は器物が好きになっていた。

へんなことを言うようであるが、金は掃き捨てるほどあった。こういうときには、却って品物の選別が難しい。体裁の悪いことであったが、いま思うと、私の様子は、成金がものを買うときの恰好に似ていたに違いない。そばで見ていた青山さんは、見るに見兼ねて、それは止めろ、それはまあ好い、と言う風に、やっとのことで言ってくれた。ながいつき合いの間、たった一度だけ、青山さんが世話やきをしたのだったと、懐しく思い出す。

しかし、忽ちの間に事業は倒産して、私が成金の買物のようにして手に入れた凡ての器物を、手離すときが来た。惜しいと思うどころではなかった。二、三十年も経ったのちに、美術館などで、私の手にしていた幾つかの器物が、億という値に違いない棚に列(なら)んでいるのを見ると、さすがに私も、惜しかったなあ、と思うのである。「もののの値打の分らない人間のやることだ、」と、青山さんはあの温顔に憫笑(びんしょう)を浮べて言ったものである。

初出『毎日グラフ別冊　茶陶名品名陶の世界』一九八四年三月刊

独創は真似からはじまる

猿真似という言葉があるが、猿ではなく人間でも、朝から晩まで人の真似をして暮らしている。「いや、私は人の真似などしたことはない」と言う人もあるが、よく考えて見るまでもなく、そうではないことに気がつく。

生まれ落ちたときから、凡ての言葉、歩き方から顔つきまで、人の見よう見真似で憶えたものでないものはない。

人の真似をすると言うのは、さも独創性のない、平凡な人のすることのようであるが、そうではない。どんな偉大な人でも、知らぬ間に人の真似をしている。

言い換えれば、人の真似をしているから、偉大な人になれたのだ、とも言えば言える、と私は思うのです。

自分のことで考えて見ても、私くらいよく人の真似をするものはいない、と思うくらいである。

ついこの間も、長崎県の南にある崎戸と言う小さな島へ行って、椿の宿と言う名前の宿に泊った。まず玄関を上がったところに一つ、それから広い床の間に一つ、椿の枝ではなく大きな幹を一本、根本から鋸でぶっつりと剪ったものをそのまま、備前焼の大甕(おおがめ)に突っ立てて生けてあるだけの、何の技巧も見せない生花を見て、椿のあの艶のある群葉の重なり合った有様が、生命力に溢れていて、とても感動的であった。

東京へ帰るとすぐに私は、自分の家の床の間に、この椿の宿そのままを再現した。「好いですねえ、素晴らしいですねえ」とうちへ来た人がみな感嘆するのを聞くと、確かにこれは椿の宿の真似であるのに、まるで、自分の独創で、この椿を生けたのでもあるかのように、私は錯覚する。

*

人の行為には、思わぬところに類例のあるものである。こんなことはあのときもやったな、と思うことがあり、こんなことはあのことの真似だな、と思うことがある。全くの創造的な行為と言うものはめったにない、と言うのが私の考えである。

人は人の真似をする。自分のしたことの、また真似をする。

子供のときに見たり聞いたりしたこととの影響はながく尾を引く。おかしくなって笑うこともあるが、また笑えないこともある。

＊

私は長年の間、青山二郎とつき合っていて、その影響で、茶碗や皿を見ることが好きになり、「青山二郎ならこの茶碗は好いと言うに違いない」とか「青山二郎ならこの皿はよくないと言うに違いない」とか、凡て青山二郎の眼を通して、ものを見るようになった。そして、その青山二郎の真似によって、いくらかでも、ものが見えるようになった、とそう思っているのです。どうか、誰方（どなた）も遠慮なく、人の真似をしてごらんになったら、と私は思っているのです。

初出『幸福は幸福を呼ぶ　人生の叡智235篇』一九八五年八月海竜社

悪いものは見ない

青山二郎のおくさんであった和ちゃんが、伊東へ行った帰りであると言って、或る日のこと私のところへ寄ってくれた。こんなものであるが、ひょっとしたら、私が好きであるかも知れない、と思って、お土産に買って来た、と言いながら、大きな紙包みを畳の上へおいた。「どれ」と言いながら、私は紙包みをあけた。思いもかけない、それは盆であった。

欅の生地の上に、茶褐色の塗料を塗った、楕円形の、何の飾りも施してない盆であったが、もう、それだけで、完璧に近い形をしていた。

私は「まあ、好いお盆」と言った。青山二郎の生きている間じゅう、和ちゃんは凡ゆる好い形の道具の中に囲繞されて、生活していた。この、伊東から買って帰ったと言う盆が、悪い形のものであろう筈がなかったからであった。特に、好いもの、と思って、取り上げたものである必要がなかった。眼にとまったものが、凡て好いものの筈であった。和ちゃんには当然、それだけの眼の訓練が出来ていたからであった。和ちゃんは青山二郎のところで、毎日、好いものだけしか、見てはいなかった。この、「好いものだけを見る」と言う眼の訓練だけが、好いものを見分けることの出来る、ただ一つの修業、コツだからである。

私たちも、もし、この、好いものだけを見分ける眼の訓練を、自分のものにしたかったら、好いものだけしか、見ないようにすることである。自分の身の回りに、好いものだけしか、置かないようにすることである。好いものだけ、と言っても、それは値段の高いもののことではない。値段は安くても、形が単純で、色が目立たないもののことである。いつも、こんなものだけを、自分の身の回りに置いて、そうでないものは、見ないようにすることである。好いものだけを見馴れていると、そうでないものは眼につかないようになる。これが、趣味のよくなるコツである。

初出『毎日新聞』一九八五年三月三一日朝刊

よく出来た田舎者

私の昔からの友だちである、いまは亡き青山二郎さんが、むかし私のことを、「宇野さんは人間として最もよく出来た田舎者だ」と言った。私はいまになっても、この言葉を忘れることが出来ない。この私に、こんなに適切な言葉があるだろうか、と、今更のように感心してしまうのである。

私はこの青山二郎さんを友人として、また、いろいろな意味の人生においての、先生として、つき合って来たことを、ほんとうに有り難いと思っている。

私は何か見たり聞いたりすると、すぐ感動して大騒ぎをする癖がある。青山さんはいつも、感動を浪費してはいけませんぞ。耳を大事にして下さい、とも言った。最もよく出来た田舎者、と言われたことについては、いろいろな解釈の仕方があるだろうが、私はいつも、中山義秀さんと同じで、故郷の血が濃い、と言う点で、生まれながらのもので、得をしている、と青山さんが言ったので、実のところ、田舎者と言われたことで、とても満足しているのである。

昨年（一九八七年）は私は、いろいろな親しい友人を亡くした。また六人兄弟のたった一人残っていた妹も亡くし、また義妹をも見送った。

私は運が強いと言うのか、この毎日新聞の前回に書いたように、珍しく一ヵ月ほど体調を崩したが、現在はとても元気で暮らしている。亡くなった友人たちは、素晴らしい作品や仕事をこの世に残して行ったが、満九十歳の私は、この年まで、みなさんのご存じのように、道草を食って暮らして来たので、まだまだ、これで満足である、と言う訳には行かないのである。

先日のように、一ヵ月入院して、また、うちで、多少養生するような生活をすると、確かに、病気をする前までの自分に戻るのは、思ったよりも手間のかかるものだと言うことに気がついた。

先ず、歩く訓練をした。これは以前にもしていたことなので、三階に住んでいる私は、用事があると、一階までの上り下りも、すぐ平気で出来るようになった。本来の仕事である書きものの方は、入院騒ぎで二ヵ月ばかりお休みしたのは、影響した。

毎日、机の前に坐ると、前の日に書いたものの続きが、自然に浮かんで来るので、何事も続けることが大切だ、と言う、私の得意な持論が、入院のために、余儀なく中断されて了ったのである。それでも私は仕事をしたいと思い、前から書き続けていた小説を、ほんの少しずつ書き始め、頼まれていたエッセイも、幾つか書き上げた。

するとだんだん前の生活に戻って行くことが愉しくなって来たのである。

すると、だんだん前の生活に戻って行くことが愉しくなって、私のもう一つの仕事であるきものの方も、大好きな桜の柄を幾つか考えた。これからそれが染め上がって来るのが愉しみである。

外はまだ、寒い寒い日が続いていると言うのに、私の心の中は、もう春風が吹いているような気さえするのである。幾つになっても、元気で働けることは、仕合わせなことである。私はやりたいことが、たくさんたくさんあるので、まだ、なかなか死ねないのである。

始めに書いたように、よく出来た田舎者である私は、確かに単純に考えても、現在もその通りの生活をしている。住んでいるところが、青山三丁目なのに、私には、いまの東京の、青山と言うところの影響は、まるでないような気がする。四十年もこの同じ青山で暮らしていると、ただの東京のどこにでもある街としか思えない。よその人が、青山を特別な街のように言うのが不思議でならない。

私はお天気が好いと買い物籠を下げて、近所の店屋のところへ行く。みな、長い間の顔馴染なのである。買って来た大根を煮て、魚を焼いて食べる。私は子供のときから食べたものが、いまでも好きなのである。

ただ一つ、私は年寄りなのに、顔だけはいつでも、きれいにお化粧して、赫い口紅と頬紅をつけている。きものも、年齢よりは派手なものを着ている。それで、自分に似合う、と思っているのだが、よその人の眼から見たら、どうなのだろうか。でも自分では、これで満足なのである。人間は自分で納得して暮らせたら、何事もなく、平穏無事なのではないだろうか。

何度でも言うことであるが、青山二郎の言った、よく出来た田舎者である宇野千代は、これからもますます、この特色を生かして、元気に暮らして行きたいのであるが、どうか、みなさん、おかしかったら、お笑いになって下さい。

初出『毎日新聞』一九八八年一月三一日朝刊

芭蕉を偲んで

芭蕉三百年と言うことで、世の中は芭蕉を見なおしているいま、私はちょっと芭蕉についての文献を調べて見た。そして、奥の細道に一番興味をひかれた。私はいままで俳句と言うものに全く関心がなかったのである。その私が芭蕉の俳句について云々するのは、おこがましいことであるが、何故芭蕉が五十日と言う大旅行を企てたかと言うことに興味を持ったのである。奥の細道を読んで見ると、これはどうも、世間一般では芭蕉の紀行文と言われているが、やはり、もう一説である文学作品と言う方が、私はほんとうのような気がするのである。

では何故、芭蕉がこれを書く気になったのかと、私なりに考察すると、芭蕉は人間的なしがらみをはなれて、風流閑雅に徹したいと思ったのではないだろうか。同時に人生上の悩みや文学的矛盾から解放されたいと言う思いの果ての行動であったように思われる。

何しろ奥の細道と言う五十日もの旅行は、当時にとって大変な大旅行だったに違いない。芭蕉としても、のたれ死にを覚悟の上の旅行だったに違いない。それが証拠に芭蕉は、江戸の自宅を売り払って、この路銀を作った程である。なみなみならぬ決心であったであろう。

私はこの夏休みに、那須の仕事場の近くにある芭蕉ゆかりの土地を尋ねて見たいと思ったのである。私は前に那須へ行ったときに、雲厳寺に立ち寄ったことがある。そこも芭蕉のゆかりの地とは思わなかった。今度は、西行ゆかりの遊行柳もあることだから、そこまで足を伸ばしたいと思っている。

田一枚植ゑて立ち去る柳かな

と言う句を芭蕉は詠んでいる。この句で、柳のそばに立っている芭蕉の姿が偲ばれるような気がする。私もこの齢になると、道端に咲いている雑草にも愛着を感じるのであるが、東京での住居は青山の真ん中にあるので、普段はなかなかこんな心境にもなれない有り様で、この夏休みは私らしくもなく、俳人芭蕉の心境をかいま見ることが出来ればと、欲ばったことを考えたのである。いつも、那須へ行くと、私は東京にいるよりも、食べて寝るばかりで、よくもこんなに眠れるものだと、自分でも呆れるほどである。

那須の仕事場とは名ばかりで、うちのものたちは那須の遊び場と言っているのである。

その遊び場の那須も、最近はなかなか出かける暇がなく、来月こそは、皆で出かけようと思ったのである。昔、那須の家を建てた頃は夢中で、玄関の表札は小林秀雄さんに書いて頂いたり、本箱もわざわざあつらえたりしたものだった。私の友人だった青山二郎さんも遊びに来られたことがあった。私の建てた安普請の大きな家のことは一言も言わなかったが、自然をそのままに取り入れた雑木林の中に沢が流れている庭だけは、とても羨ましがってほめてくれたものである。

青山二郎さんと言ってもいまの人たちは知らないかも知れないが、私の人生にも、大変な影響を与えてくれた人であった。青山さんの友人には中原中也、中川一政、小林秀雄、河上徹太郎など日本を代表するような人たちが多かったのである。また、別の面では、お鮨屋さん、魚屋さん、バーのママさんなど、ちまたの人たちにも、青山さんに心酔している人たちが多かったのである。

中里恒子さんも来てくれたことがあった。或るとき里見弴先生が突然お見えになり、私は恐縮のあまり、おろおろしたことがあった。私の家は那須の山の方、里見先生の別荘は下の那珂川の方にあった。いつか里見先生のお庭で、盆踊りをやったように思っていたが、私の思い違いであったろうか。小林秀雄さんにも横山隆一さんにも、そのときお会いしたように思ったのである。

宮尾登美子さんも一度見えたことがあった。あの頃の宮尾さんは体が弱く、自分の家以外のところでは、どこにも泊まることが出来ないと言って、日帰りをしたが、いまの宮尾さんのことを思うと、考えられないことである。いまは体も元気になって、大活躍していることは、とても喜ばしいことである。那須の私の家でも、思い出すと、ちょっとした歴史があるようで、面白いと思ったものである。

いまはその人その人の仕事場や、別荘を持っている習慣になって了ったが、私の若い頃は、湯ヶ島とか湯河原などの温泉場に、文士が集まって、夜おそくまで酒をのんでは話し合ったものであった。

みな、お金がなく貧乏なのに、何となく自由でおおらかに暮らしていたように思うのである。これも時代の流れがそうさせたもので、当然なことかも知れない。これから那須に出かけ、奥の細道の入り口で、俳人芭蕉をちょっと偲んで来たいと思っているのである。

初出『毎日新聞』一九八九年七月三〇日朝刊

青山二郎さんへの手紙

宇野千代

一月五日

青山さん。昨夜は久々でお目にかかって愉しく思いました。実を言うと私はこの頃とても騒々しい生活をしていますので、われ乍ら呆れるくらい、考えることは一とき延ばし、と言う気持でいますのです。あなたには叱られるかも知れませんが、ときどきお目にかかって、こう言う私の「こわれかかった写真機」を修繕する必要がありそうです。

あなたはあれから、じきにお帰りになりましたか。私は帰ってからもなかなか眠れないで、いろいろなことを考えました。あなたの仰言った「女をとりとめようとしている」と言うのは、一体どう言うことなのか、まずそのことを繰返し考えたのです。ほんとにあなたは、どうしてそんなに人の気持の中まで見抜いてお了(しま)いになれるのでしょうね。「女をとりとめようとしている」と言うのは、ちょうどいま、私の心の中の、誰にも決して見られていまいと思っていた内密の、ある願望の表現なのですもの。実を言うと私はこの半月ほどの間、日が暮れて慌しい街の人混みの中をひとりでせかせかと通り抜けるたびに、何と言う空虚な思いに駆り立てられるか分らないのです。「そうだ、私はほんとに生きているのだろうか」と言うような、さし迫った気がするのです。笑い、話しかけ、あんなに駆け出したりしているおおぜいの人々との間に、こんなにもはっきりと断層を感じるのは、これが老年と言うことなのでしょうか。考えてみると私の一生は、いつでも何事かを「とりとめようとしている」瞬間の連続であったような気がします。放置してもしなくても、やがてはひとりでに逃げて行くにきまっているものを、こんなにも「とりとめようとしている」一生は、それこそ愚かな煩悩の世界ですね。実際、こう言う順序でしか物事を悟る方法がないとしたら、何と言う滑稽な一生を送ることになるのでしょう。

宇野千代

一月十七日

青山さん。お手紙拝見いたしました。あなたのお手紙を読むと、いつものことですが、私はまるで謎々をかけられたみたいな気になったのです。健康なことかどうか知りませんが、私にはどのことも、自分の身に覚えのある事柄に思えるのです。あのまま南画の絵みたいにのんびりしたお手紙だのに、読む人間の心境によっては、実にショッキングなお手紙です。たぶん、昔ああいう枯淡な山水画を描いたりした人たちも、やはりあなたと同じような、一種の辛辣な写真屋さんだったに違いないと思いました。「ああ、月が出た」と言うゾッとするような科白。骨と皮ばかりで泥にまみれている犬は、一体誰に似ているのでしょう。煩悩の世界も、あそこまで追い詰めた形で見ると、ケラケラッと笑って了える事になるのでしょうか。

実は昨夜、三好達治さんがいらして、ご一緒に鳥森の「直さん」でお酒になりました。二人の間に例によってあなたのお話が出たのですが、とうとうお了いには、あなたが友だちその他の人に対して持っておいでの解釈には、何か一種特別な解釈があり過ぎる、と言うことになったのです。つまり、あなたと言う人は、世間普通に言うとその日の米味噌に対して、あの卑俗な、さし迫った生活感情なしに暮しておいでなので、ちょうどその分量だけ、あなたの写真機が、人に対して異常な精密機械みたいな働きをすることになる、と言う意見になったのです。つまり、下界にいる人間同志の眼から見ると、「神さまは退屈しているんじゃァないかな」と思われるフシがあると言う訳です。勿論、そう言う神さまの写真機が曇っていたりイビツだったりする筈のないことは、言うのも野暮なことですけど。

「直さん」から出て、二人して街のパチンコ屋まで行ったのですよ。実はこのお正月、熱海にいる間にこのパチンコと言うものを始めてから、私たちのところではいまちょっとした流行になっているのです。三好さんもなかなかお上手です。実際こう言う罪のない絶対多数の流行現象に対して、自分も一役やってみる気持になるのは、それほど悪いものではありません。それにしても、よくもこんなに、街中パチンコ屋になって了ったものですね。

私は今日これから妹たちと一緒に熱海へ出かけます。三、四日で帰って来る予定ですけど、折返しお手紙を下さるようでしたら、熱海あてにお願いします。実は明日、お天気がよかったら、バスで十国峠を越してみたいと思っています。例によって私の習癖で、この一、二年、もう六、七度もこの同じ十国峠を越してますのに、見飽きると言うことがありません。その中、みなで一緒に、ゆっくりと徒歩であそこを越してみたいと、これは私の念願ですけど、あなたも仲間におなりになりませんか。でも、あそこは、あなた流の南画にするには、あまりに万人渇仰の、典型的な美景であり過ぎるかも知れませんけど。

※底本にはこのあと「女性的才能について」の宇野千代の書面が収められているが、割愛した

初出未詳

女性的才能について——あるハガキ通信

宇野千代
青山二郎

四月二日

宇野千代

青山さん。この間は失礼いたしました。酔っていらしたので、ひょっとしたらお忘れかと思いますが、とにかくこのハガキを書きます。あの晩帰って見たら、やはり小林（秀雄）さんが来ていらして、皆で夜明けの四時すぎまで話しました。どう言う話のあとだったか忘れましたが、「僕は奴隷になるのだったら理想的な奴隷になれるね、それだけは自信があるね、」と小林さんがおっしゃったとき、私はとても感動しました。どうも私は、自分だけの気持で人の話を勝手に聞きとる癖が強くなっているようです。「もう一度生れ変って来たら、俺はどんなに好い人間になれるだろうとそう思うんだよ、」とおっしゃったりしたのです。

七日の湯河原ゆきお忘れなく。私は三、四日中に熱海へ行き、あちらから直接に出掛けるかも知れませんから、どうかあなたもまっすぐにいらして下さい。このハガキのご返事は木挽町あてにお願いします。「プーサン」はあれはいかにも気の楽な酒場ですね。一人くらい、油断のならない女の人がいても好いのにと思います。

青山二郎

四月十六日

パウロはニイチェに言わせると奴隷の思想だと言うのですが、そう言えば小林流に言えばゴッホも奴隷になりたがった男だと言う風な意味に彼は言っています。奴隷についていて小林が何か言ってたとすれば、そこらから彼の思想が出ているので、宇野さんが聞いて勝手に感動された訳ではなく、却って勝手に感動された宇野さんの耳がいい事になります。感動を浪費してはいけませんぞ。耳を大事にして下さい。道行にも殺し場にも形があると言うことを現実の中から発見しましょう。北原（武夫）君の頭の禿げっぷりを摑んだ作者の力が、後世に若禿げと言うかつらを残します。当人は当人を残さない。当人の見た眼が残されるだけですから、我々写真屋は精々彼等を捕えましょう。ここまで書いてあれから宇野さんや小林と湯河原で会って――その後一週間家に帰って来ません。

追。小林は湯河原で僕に、人の中で暮さないで独りで暮したら何うだ。と盛んに小言を言ってました。その気は充分にあるのですが、それは何時でもその気になれば出来るようにも思えるので、今のところ急にばたばたと生活を片付けて仕舞う気もないので、ジッと何か腰を据えてるみたいな風です。此処にいて色々な酔漢に会っているのは無責任で見ていられるだけ自分の家に舞い込んで来るのより非人情な見物が出来ます。人間五十になると何でも承知で暮して行けるのもこういう生活の取柄でしょう。時に春信、胡龍斎等の絵は如何でしたか。他に見たがっている人間がいるのでその方の返事も聞せて下さい。それとは別に月曜日の晩までに至急一万円拝借出来たら拝借させて下さい。何とも申し様のない必要に迫られています。月、火、水と三日間新潮の約束を果して木曜日に小林と大岡（昇平）と三人で会うことになっています。夜プーサンにておあいしたし。

四月十九日　　宇野千代

ご返事半月ぶりに届きました。今度はもう少し早く下さい。例の浮世絵、私は春信のどちらか一組だけを貰います。序での時に届けてくれるよう、自在屋さんにおっしゃって下さい。木曜日の夜はなるべく私も伺います。

さて一昨夜三好（達治）さんが遊びにいらして、ちょうど北原もうちにいましたが、また例の「娼婦的性格について」話がいろいろと出たのです。自然私は、いつか鎌倉からの帰りの電車であなたにお話したあの話を、また繰り返して話しました。それはあのゆき子ちゃんのことです。あなたにもお話したと思いますが、あるときゆき子ちゃんは私の傍に寄って来て、ふいに、「あたし宇野さん好き、大好き、」と言いました。ふいのことで私が面喰らっていると、また続けて、「あたしこの爪剥がしちゃう、ね、剥がしちゃえって宇野さんが言えばあたしいますぐ剥がしちゃう、」と言って、自分で自分の両手をまさぐり乍ら、いまにもその爪を剥がしそうにするのです。ゆき子ちゃんは勿論お酒に酔っていました。それは確かに、酔っているときのゆき子ちゃんのちょっとした気紛れに違いないのに、私はその瞬間、あ、ゆき子ちゃんはほんとに剥がしちゃう、と思いました。私は狼狽てて、ゆき子ちゃんのその手を押えました。あなたもご存じだと思いますが、ああ言うときの酔っているあの人の眼は、ほら、小さな子供が、生れたときのあどけない顔でいて、いつ覚えたのか、（それは悪魔だけしか知らないことです。）大人に媚を送るときの、あの眼に似ています。私は自分が女だと言うことも忘れて、いますぐ駆け出してこの人を助けに行かなければこの人は亡びる、とでも言うような、ある差し迫った心持になったのを覚えています。

私は女ですけど、あのときのゆき子ちゃんの眼には、たぶん、ある種の男の中にあるのと同じ何かが私の中に見えたのだと思います。自分のすぐ間近かに、人間的善意に満ちている、或いは男性的虚栄心に満ちている者のいるのを感じたとき、本能的な、まるで電波のような敏感な、娼婦のある種の才能が、閃光みたいに働きかけるのではないでしょうか。働きかけずにはいられない。それは何とも言いようのない実に純粋な衝動みたいなもので、普通世間の人が考えているように、それによって何かを得ようと言うような、功利的なものが主体では決してない、と私は思うのです。ゆき子ちゃんの誘惑にかかるものが金持ばかりでないのはそのためです。

考えて見ると私の一生の間に、ただの一度も男に向って、こう言う言葉を言ったことはないように思います。私が娼婦でないと言うことは、しかし私の自慢になるでしょうか。奇妙なことですけど、何だかちょっと淋しいような気がするから面白いですね。ではお目にかかってまた。ゆき子ちゃんに宜しく。

青山二郎

五月二日

御返事がまたしても大変遅れて仕舞いました。家にいても外にいても面倒な厭な世の中になりました。落着いて手紙一つ書いている暇がありません。

お説の通り、ゆき子はかなり面倒な魅力を持った女です。女と言うより、私の眼には人間としてのゆき子しか写りませんが、それでも人間としての魅力なら私にも分ります。それが女として極く自然であると同時に、別な意味で人間としての彼女の演技である点を注意しなければなりません。女としての極く自然な魅力と見える点に演技が技巧的に加担すると言う意味でなしに、人生は演技なりと言う言葉があるとすれば、――自然の魅力と人智の演技は、例えば美貌と聡明とに分れて彼女にそなわったものです。私はゆき子の、宇野さんが言われる方の魅力に対しては何うもいささか無関心ですから、彼女の人間演技について御返事して見たいと思います。宇野さんに、女としてのゆき子はそのものずばりと言い当てられているのですから、私は他の半面を語ります。

ゆき子と言う女は自分に対しても、人に対しても、世間に対しても空想と言うものを持たない女です。概して空想を抱かない女なぞと言うものは冷酷に見えたり、不平家に見えたり、利己的に見えるものですが、ゆき子は昔からああいう女で眼先きの理想だとか憧れを夢見ないことに腹を決めた……顔一杯を口にしてゲラゲラ笑う女です。私の何時も言う所謂不感症の女です。人は彼女の演技を世の常の犬猫に等しい恋愛と全く混同しています。男にして見れば相手は魂を捧げ、精神を傾けて彼女を熱愛しずにはいられないでしょう。併しそれとこれとは話が違います。男の方は宇野さんの言われた様な場所で、勝手に極く自然に捕えられています。さもなければ、その先きの事は頭で感心しているのです。一般的な場合の外は、今はお話することが出来ません。梅川について嘗て私が語った、人を狂犬にさせる愛情の演技、その演技に自分で縛られて行くのがゆき子の梅川に似ている所です。彼女は梅川であるばかりでなく、梅川の役者が演じる「女形（おやま）の演技」を私はゆき子という女の中に見るのです。女が女形に変態して、男を狂犬にするから不感症だと私は判断するのです。だから相手の忠兵衛さんが何者であろうと、世の常の男女関係を私は考えることが出来ません。男女関係は犬猫の恋愛だと宇野さんが言われた。そこをようやく突破している処に私は彼女の人生演技を発見したのです。

　彼女の魂には昔から、彼女にしては支え切れない強暴な刻印が打たれているのです。それ以来長い間に自分が段々呪われて行って、虎の姿に変って行ったのを当人は気付いていません。彼女はいまでも自分は美人だと思わせられています。自分の頸に綱をつけた悲しい虎がその手綱をくわえて……本来の女性に立返りたがって彷徨（さまよ）う有様を、彼女の演技の底に見ることが出来ます。その結果この虎は人の魂を喰い荒す様にも見られて来ました。「聊斎志異」だと仙人が現れて彼女の呪詛を解くのですが、南画では虎をその儘の虎として猫のように手馴ずけた仙人が、虎にもたれて昼寝の夢をむさぼっている図があります。

五月三日

宇野千代

お手紙拝見しました。「聊斎志異」とはどんなものなのでしょう。あなたのお手紙を見て、私は自分も自分の眼でそれを見たいと思いました。お手紙に書いてあるのは、あれはあなた流の喩え話なのかも知れませんが、あんまり的確にお書きになったので、私にはいかにもそんな悲しい姿をした虎がいるような気がして、自分もはっきりとその虎を見たような気がしたのです。女とは何と言う可哀そうなものでしょう。そうですとも、あなたはああ言う言い方で、ある種の女の、世にも哀れな運命をまざまざと描いてお見せになったのです。ついこの前の手紙で、私は自分のことを、自分は娼婦ではないと書きましたが、私もまた、自分の頸に手綱をつけた悲しい虎であると、はっきりそう思いました。これも感動の浪費でしょうか。

あなたのゆき子ちゃんに対する人間的な愛は、あれは何でしょう。今度のお手紙で、私にはあなたの世にも不思議な、公正な感情がよく分りました。そう言うあなたに向って、私はまた何と言うそそっかしい、下手な、無愛想なものの言い方をしたのでしょうね。男女関係は犬猫の感情だと、確かにそう言うことを言ったのですけれど、（いま思うと気がひけますが、）でもあれにはあれなりに、ちょっと訳があったのだと思います。あのとき私たちは或る人の不運な恋愛について話をしていました。人はこう言うとき、いつでも人の話の中に、自分の思いを託してしかものを言うことは出来ません。犬猫の感情だなぞと、言葉の上だけでも威勢よく、こう言う愛情を否定して見ることが、私自身にも満足だったのです。あの話題の人の不運は、私には単に病気と見ることが気に入りました。あの晩、プーサンで話をして、家へ帰ってからも私はしばらく考えて見ましたが、ああ言う場合に、人間の感じる未練の感情は、あれは一種の空想ではないかと。自分についている狐をおとすのが、人間の判断と言うものではないでしょうか。私はそう思いました。人の不運な恋をいたわって見せることは決して好いことではありません。真の友だちに対しては残酷になりたい、と私はそんなことを思ったのでした。

今夜お目にかかる筈でしたけれど、急用が出来ましたので失礼します。小林さんに京都ゆきの日取りを伺っておいて下さい。

青山二郎

五月十一日

心掛けの良い女は、見掛けも良い——恐らくこの位解り易い言葉はありますまい。併し何故そう言う風に誰でも言うかという段になると、これは十人十色で、その内容を一度に語るのは難しいことです。そこで私はこういう風にゆき子のことを考えます。心掛けの良い女が、世間に対して静かにじッと堪えているのは、例えばその場その場の人間を愛しているからでもなく、反対に当面する社会に彼女が冷淡だからでも無さそうです。まして、俺が俺がと言う自分の根性の方が大事だから、それで堪えていると謂うのでもありません。心掛けの確かな女には世間と言うものが、矢張り動物園とか、植物園とか、博物館とか、何かそんな風なものに見えるらしいのです。錦蛇は大きな錦蛇のままで、身動きも出来兼ねて檻に入っています。人間社会もまた彼女には一種の自然と観ることが出来るのです。嵐の日とか、近所の火事の夜とかに、静かにじッと堪えている……自然に逆らわない眼と言いますか、そう言う心掛けが世間に対して何か頭の働きを止めるのでしょう。そう言う女と謂うものはつくづくサジを投げた所から、もの事を見ているものです。頭を働かすことを廃めた所にものの見方が生じて、それが彼女の感情のスタイルに成ったのです。誰も見ていない便所の中でも、歯を喰いしばってもゲロは吐かない、これは紙一重の感情の演技です。こういう感情のスタイルは大体女の心の形を定めるものです。必然の品位を含みます、宿命的な姿を現します。だから心掛けの良い女は、見掛けも良い筈です。梅玉の玉手御前が花道に立っただけで、私はぞーッとします。

人を愛することは堪えることでなかったら、何でしょう。愛欲を堪えると言う意味ではありません。我儘勝手なものが兎角人間であって見れば、その人間を承知で愛して何故それにその上の批評を加えなければならないのですか。頭の働きを廃めて、人に堪えているだけで既に見るものは見つくしている筈です。それが批評でなくて何でしょう。歯を喰いしばってもゲロを吐く場所はありません。特徴は弱点で未熟は美徳です。併し彼女の知ったことではありません。聖フランシスは小鳥に説教しましたが、魚にも説教しています。我々写真屋さんはひたすら小鳥の眼や魚を信じなければなりません。聖フランシスからは得られないものを、小鳥の眼や魚の耳から学びましょう。男のあばら骨から造られた女、男の世界に征服されて生れた女、そう言う女のほかに女はありません。

宇野千代

五月十七日

お手紙拝見しました。今度は私の返事がおそくなりました。あなたのご返事のおそいときは、いつでも青山さんて怠け者だなアとそう思うのですけれど、こうして気にかかることがあるのにぐずぐずと怠けているのも、一種好い気持なのだから、人のことばかりは言えません。どうも一年中でこの五月と言う月が一番好い気持なので、ぼんやりと怠けているのに都合が好いのかも知れません。今日など、空はぼっと曇っているのに、空気が妙にさらっとしていて、二階の窓から見ていますと、洗濯屋の物干に白い洗濯物が一ぱいに干してあって、風にゆれています。海の風のこんなところまで這入って来るのが分ります。私はもう昨日から単衣を着ているのですよ。

この間プーサンで大岡さんに会いましたでしょう。例によってとても酔っていて、しきりに私にからんでは、「人間が描けないものだから、やたらに虎だの猫だの動物園だのって言やアがる。」なんて言ってましたけど、大岡さんは私たちの手紙を読んだのでしょうか。あなた、お見せになりましたの。それにしても私たちが人間のことを動物に喩えるのは、あれは人間を描くのが面倒だからではなく、動物の姿をかりて話す方が、却って生々しく、まざまざと人間が見えるような気がするからですね。

あの晩帰り途で、大岡さんのことを私がぶつくさと言いますと、あなたは、「僕ア忙しくて、人のことを憎んだりする暇がないよ、どいつもこいつも面白いじゃないか。」とそうおっしゃったでしょう。内緒ですけれど、あのあなたの一言で、私はちょっとしょげました。いつもあなたの口癖になっている「われわれ写真屋さんは……」と言うその仲間に、たぶん私も這入っているのだと思いますが、でもこの人生の写真屋さんと言うのは、私みたいに、むやみに感情的になって人にレンズを向けたりすると、折角の写真がデコボコになるのですね。私もその中、もっと上等のレンズを仕入れるようにしましょう。

あさっての木曜日には小林さんがおいでです。あなたもどうぞお忘れなく。サンマータイムで明るいですけど、六時頃までにはいらして下さい。

初出『新潮』一九五〇年七月号

Ⅱ　小林秀雄の話

あの頃の小林さん

小林さんの「ゴッホの手紙」は、いまから十九年前、昭和二十三年に私たちが発行していた「文體」と言う文学雑誌に、その前半が発表され、「文體」の廃刊後、「芸術新潮」にその後半が発表された。昨日、古い雑誌を探し出して見たが、表紙は青山二郎さんで、同じ号に大岡昇平さんの小説「野火」も出ている。まだ紙の統制されていた頃だったのか、赫ちゃけたザラ紙の、見るかげもない粗末な、B判の雑誌であるが、口絵には豪勢なアート紙で、「ゴッホの手紙」の文中に出て来るあの「烏のいる麦畑」が、光村の原色版で出ている。この古雑誌を見ていると、私の眼にはあの頃の小林さんを囲繞しての私たちの全生活が思い出される。戦後間もない、混乱した時代に、まるで、その混乱に逆行するような気配をもって、何かを摑もうとしていたのであったから。

私の記憶だと、「ゴッホの手紙」は、小林さんのお宅でも書かれたに違いないが、或る部分は奥湯河原の「加満田」と言う宿屋で書かれたと思う。「加満田」はいまのような大きな宿屋ではなかった。湯河原の山の中の、極く気楽な宿屋だったので、私たちは一緒になってよく出掛けた。親爺さんが変り者で、料理が上手で、おまけに大酒飲みだった。小林さんも勿論、青山二郎さんも集るとすぐ酒になったので、この酒続きの中で、いつの間に原稿が出来るのか分らなかった。私は自分の眼で見たのではなかったが、女中たちの話によると、小林さんは原稿を書いている間中、まるで猛獣が檻の中を歩き廻るように、部屋の中を歩き廻っていて、何だか怖いようだ、と言うことだったが、小林さんのこの怖いように見える外見は、そのまま、ゴッホの苦悩を追う過程であったのかと思う。

ゴッホが弟テオに宛てた書簡を、小林さんはボンゲル夫人の編纂した膨大な全集で読んだ。「僕は、殆ど三週間、外に出る気にもなれず、食欲がなくなるほど心を奪われた。（略）書簡の印象はと言えば、麦畑の絵に現れたあの巨きな眼が、ここにも亦現れて来て、どうにもならぬ」と書いている。また、ボンゲル夫人の序文にある、ゴッホの弟の母親宛ての手紙の一節、「彼（ヴィンセント）は、何んと沢山な事を思索して来たろう、而も何んといつも彼自身であったであろう、それが人に解ってさえくれれば、これは本当に非凡な著書となるだろう」と言う言葉を引いて、「いかにもその通りである。僕は解った。だから『彼自身』の周りをぐるぐる廻る。『彼自身』が、サイプレスの周りを廻った様に。いかにもその通りだ、だからこれは告白文学の傑作なのだ。そして、これは、近代に於ける告白文学の無数の駄作に対して、こんな風に断言している様に思われる、いつも自分自身であるとは、自分自身を日に新たにしようとする間断のない倫理的意志の結果であり、告白とは、そういう内的作業の殆ど動機そのものの表現であって、自己存在と自己認識との間の巧妙な或は拙劣な取引の写し絵ではないのだ、と」と書いている。

私はこの小林さんの「ゴッホの手紙」の生原稿を集めて、一冊の本に綴じ、製本したものを持っているが、その生の原稿を見るたびに、小林さんが、「だから、『彼自身』の周りをぐるぐる廻る」と言ったのはどう言うことなのか、実に生々しく分るような気がする。原稿には、どこがどこに続くのか読みとれないくらい、幾度も幾度も書き込みがあり、消しがあり、それらが乱暴なくらいに一気呵成に書かれているかと思うと、書きなずんだ跡があったりして、それを書いている小林さんが、まるでゴッホ自身ででもあったかのような印象をうける。「手紙は絵について疲れを知らず語るのだが、現れてくるものは絵ではないし、画家でさえない。彼が、企図せずに明らかに表現したものは、絵を手段として何ものかを求める精神である」と書いている。

「ゴッホの手紙」のどの頁を披いても、こう言う人の肺腑をつく言葉に充ちている。『ねえ、君はどう思う。僕ぐらい変人（エキセントリック）から遠い男はないのだよ。ギリシアの彫像、ミレーの百姓、オランダの大家達の肖像、クールベやドガの女の裸体、そういうものの静かな正しい完璧性となると、まるで話は違って来るのだ。そういうものに比べれば、日本人の様な原始人の絵は、まるでペンで書いた文字の様に見える。それは面白いと言えば実に面白い、が完全なもの、完璧なものは、面白いどころではなく、無限性を感知させる』。『困難な仕事をする事が、僕にとってはよい事なのだ。併し、そうだからと言って、これは一方、僕が一つの恐ろしい必要を感じている事を妨げない。思い切って言おうか、それは宗教という必要だ。僕は夜になると星を描きに外出する。そしてそういう絵に、僕等の仲間の生きた人間達の一群を描き入れる事を常に夢想しているのだ』。ゴッホの無私とは、この『恐ろしい必要』の事だ」と小林さんは書いている。「『モネが風景でやったところを、肖像でやるのは誰か』知らない。ただ、それは『恐ろしい必要』であった」と書いている。

　私は限りもなく、小林さんの敷き写しをしそうである。気がついて見ると、これはどう言うことなのか。小林さんもまた、「意外だったのは書き進んで行くにつれ、論評を加えようが為に予め思い廻らしていた諸観念が、次第に崩れて行くのを覚えた事である。手紙の苦しい気分は、私の心を領し、批評的言辞は私を去ったのである。手紙の主の死期が近付くにつれ、私はもう所謂『述べて作らず』の方法より他にない事を悟った」と書いている。

ともあれ、「ゴッホの手紙」の頃の小林さんは、私には昨日のことのようにはっきりと思い出される。いつでも、また勿論のことであるが、小林さんの全生活は、それが酒であれ、画であれ、陶器であれ、文学であれ、一つの砲弾のようなものになって、見ている相手に打ち込まれる。この頃のことであるが、私は小林さんには内緒で、あのゲーテに対してエッケルマンがしたように、「小林秀雄との対話」と言うようなものが書きたいと頻りに思い、またそれが出来るものと確信して、あの小林さんの投げつけるような話し振り、独り言のような呟き、その他凡ゆる響きを伝えることが出来るように、うちへ帰ってから、克明にノートをとっておいたりしたことがあった。しかし、それは予期に反して、決して対話にはならずに終った。火山のぐるりを遠巻きにしただけで何が出来よう。小林さんがゴッホに対したように、小林さんに対するためには、私たちに何が欠けているか、言わずとも知れているからである。

初出『小林秀雄全集2』月報　一九六七年七月新潮社

ゴッホとロートレック

戦後間もなく、巴里へ行ったときだった。土産に何を買ったら好いか分らなくて、所謂、泰西名画と言う類の複製画を、たくさん買って帰った。「これで展覧会をして見たら、」と言う話があって、一枚一枚に額縁をつけ、京橋の壺中居で列(なら)べたことがある。小林秀雄さんがゴッホの「麦畑」を見たのは、このときである。大部分の複製が売れたのも、戦後間もなくと言う時期のためかと思うが、いまは散佚して、一枚も残っていない。だから、私の書斎にいま掛けてあるのは、「世界版画大系」の附録についていたロートレックの版画の複製だけである。いや、あった。たった一枚、ゴッホの糸杉の複製が残っていて、那須の家の広間にかけてある。勿論、私たちの懐具合では、これでもせい一ぱいの装飾であるが、しかし、この一、二枚の複製を、私は複製などと思わず、まるで本物の画でもあるように、毎日でも、見飽きることがない。

初出『芸術新潮』一九七三年七月号

真の恩人は小林さん

　最近の小林秀雄さんとは、かけ違って殆んど会っていない。以前は、それこそ毎日のように会っていたものであるが、どう言うきっかけで会うようになったのか、記憶がない。たぶん、青山二郎さんに紹介されたのであったかと思う。

　あれは戦前のことであったが、私と北原武夫とは熱海に疎開していた。白米で濁酒(どぶろく)を作り、大きな甕に入れて、台所のあげ板の下に隠しておき、客があると、出して飲ませた。「あそこには旨い酒がある。」と言って、文士たちが集って来たものである。勿論、青山二郎も、それから小林秀雄も来た。酒と言えば、メチール・アルコールまで飲んだ時代であった。

　小林さんとは急速に親しくなった。私たちが「文體」を創刊したとき、奥湯河原の加満田旅館に、小林さんを缶詰にしたことがある。昭和二十三年頃であったかと思うが、これは文士を缶詰にすると言うことの「走り」であったかも知れない。

小林さんはここで富岡鉄斎を書いた。加満田旅館は小林さんのために、総檜の風呂を作ったりした。そのときの小林さんの部屋は、廊下を距ててどこまでも列(なら)んでいた部屋の、一番奥にあった。仕事が済むと、毎晩のように酒になる。酔っぱらった小林さんが、私の部屋の前まで来たとき、板戸をしめて、部屋の中へ入れないようにしたことも、いまになると、懐しい思い出である。

或る日のこと、文體社で支払った原稿料を持って、鎌倉の家まで帰ったとき、小林さんは相変らず酔っ払っていたので、危い、と言うので、加満田の若い主人が、鎌倉まで送って行ったこともある。そのときから小林さんは、毎年、暮と正月にはこの加満田旅館で過ごすのが習慣になった。

あれはいつのときであったか、小林さんが那須の里見先生のところに寄ったことがある。それは小林さんが桜に夢中になっていた頃のことで、日本中の桜と言う桜を見て廻っていたことがあった。

何でも、黄白い花の咲く珍しい桜の木があって、これからそれを見に行くところだが、どうだい、君も一緒に行かないか、と言って、ちょうど那須へ来ていた私にも声をかけたことがあったが、私は行かなかった。しかし、そのとき小林さんは、去年見て来たと言う、岐阜県根尾村の薄墨の桜のことを、私に聞かせてくれた。「幹の廻りが三丈八尺、枝の拡がりが約二反歩と言う、樹齢千二百年の巨木が、枝一ぱいに花をつけている有様は、壮観だよ。」と言った。

その話を聞いたとき、私はもう、半分は駆け出していたようなものである。家へ帰って、すぐ支度をすると、そのまま岐阜の根尾村まで、つっ走って行ったからである。この薄墨の桜を再生させたのは私だと、世の中に喧伝されているが、薄墨の桜にとっては、私にこの話を聞かせてくれた小林さんが、真の意味の恩人ではないかと、私は思ったものである。

初出『新潮』一九八三年四月号

小林秀雄さんの愛情

最近の小林秀雄さんとは、私はまるで会ったことがない。しかし、以前は殆んど毎日のように、それも青山二郎や三好達治と一緒で会っていた。会っていたと言うよりは、私の家へみなが居続けをしていたものである。つい、この間も、青山二郎のおくさんである和ちゃんと、昔のことを話し合っていたとき、和ちゃんが、「小林さんがあんまり北原さんの悪口ばかり言うもんだから、宇野さんがとても怒ったことがあったのよ。宇野さんの怒った顔なぞ見たこともなかったので、とても印象に残ってるの。」と言ったことがある。そんなこともあったかな、と私は、いまになると、そう言うことさえ、懐しい気持になるのである。

何しろ、三十年も四十年も昔のことであるから、忘れっぽい私は、みんな忘れて了っている。しかし、小林秀雄さんが北原武夫のことを嫌って、悪口ばかり言っていたと言うことは、さもありなん、と言う気がする。小林さんは人も知る、ちゃきちゃきの江戸っ子である。その江戸っ子である小林さんの神経に、北原武夫のすることなすことが、さわったであろう有様は、私にも手にとるように分っていたからである。

北原武夫が俗な人間であることは、私が一番よく知っている。この話は、以前にも一、二度、何かに書いたことがあるが、私は北原と一緒に、満州へ旅行したことがあった。あれは満州のどこであったか、ホテル・キタイスカヤと言う大ホテルへ宿泊したその晩、私たちのような客が、わざわざ東京から来て泊っていると言うので、私たちのために晩餐会が開かれ、大ぜいの楽士が音楽を奏した。そのとき、一人のバイオリン弾きが、北原のそばへ寄って来て、北原の頰にすり寄らんばかりに近づき、バイオリンを弾いたものであった。北原はポケットから金を出し、バイオリン弾きに与えたりした。そのときの北原の得意満面な有様は、いまも眼に見えるような気がするが、あ、これが、あの小林さんの、北原を嫌っていたことなのだな、と、咄嗟の間に、私は思い出したものである。

しかし、北原が、これほどに俗な人間である、と言うことは、北原に責任があるだろうか。それは、北原のもって生れた性質である。生れつきである。誰でも、小林秀雄さんのことを評して、小林さんは人に対して鋭い観察はするけれども、必ず、その鋭さの中に愛情がある、と言う。北原に対しても、小林さんは愛情がある筈である。

北原の俗な生れつきを指摘して、それを嫌うのは、どんな人間にでも出来ることだからである。

小林さんはそれをしない筈である、と、いまは彼岸の彼方にある小林秀雄さんに、言って見たいと私は思ったものである。

初出『中央公論』一九八三年四月号

私の一生に書いた作品の中で

この『薄墨の桜』と言う小説くらい、私にとって、瓢箪から駒が出た、と言う感じを抱かせたものはありませんでした。最初、私は小林秀雄さんから、岐阜県の根尾村と言う山村の山の上に、薄墨の桜と言う千数百年の樹齢を保った桜があると言う話を聞いたのです。大正年間に、一旦枯死しようとしたこの桜が、一人の老産科医の精魂を傾けた或る処置によって生気をとり戻し、その名の通り薄墨色の花を万朶(ばんだ)と咲かせている、と言う話でした。

その話を聞いて、私は感動しました。或いは自分が勝手に思い描いた薄墨の桜に感動したのかも知れないのですが、その年の春、そこの村役場に花の開く日にちを問い合せたりして出かけて行きました。しかし、桜は万朶の花と言うのではありませんでした。幹の廻りが三丈八尺、枝の拡がりが約二反歩と言う巨木の、見上げると、巨大な枝と枝との分れ目の、大きく裂けたところに、空き地くらいの大きな、腐った穴があって、そこにびっしりと黄楊の木の群生したりしているさまは痛ましく、老残の木の枯死する寸前と思われたのです。雨の日のせいでしたか、花も蕾もしょんぼりして、ほんの申し訳だけに咲いている、と言う風なのです。

こんなとき私は、「この桜も、もう枯れるのか」とは思わないのでした。根尾村からの帰りに岐阜市へ廻って、その産婦人科病院を尋ねました。老院長は亡くなっていましたが、若院長の話では、以前にあの桜の手当てをした、植木屋も大工もまだ生きていると言うことでした。二人がいれば、もう一度、あの桜に根継ぎをすることも出来るとのことでした。根継ぎと言うのは、桜の若木の根と枯れかかった老木の根の僅かに残ったところとを楔型に切り、切り口に卵の白身を塗って、両方組合せた上から麻縄でしばるのだそうです。

私はだんだんのめり込んで了いました。「その処置をするのに、どれくらい費用がかかるものでしょうか」と言ったのです。百万円もあれば、と言うことでした。私は東京へ帰って来て、「薄墨の桜の再生のために」と言う題字を書いた帖面を拵えて、僅かな知人の間で、募金を始めたのです。

いまになると、こんなことをしたのも、みな、この小説を書き上げるために、無意識にではありましたが、或る布石をしたのではなかったかと思います。同じ頃に、私は、巨万の富を積んだ或る有名な女の骨董屋が、或る披露パーティの席上で、自分は三年後のちょうどその日に自殺する積りだ、と言う、人の度胆を抜くような予告演説をしたと言う話を聞きました。その不気味な女の金持の風貌を思い描き、たびたび、人に教えて貰ったその骨董屋の店さきを覗いて見たりしたものです。

ちょうどその頃に、私の非常に近しくしている知人が、麴町永田町に、上代校倉作りの豪壮な料亭を建てて、開業しました。瓢箪から駒が出た、と言うのはこのことですが、この薄墨の桜と、女骨董店主の驕慢な自殺予告と、校倉作りの料亭とが、私の頭の中でからみ合って、そうだ、この道具立ては使える。これで小説を書くのだ。と、突拍子もないことを考えたのでした。

薄墨の桜は、私の空想をそそるほど、妖気に満ちていました。その再生を願うための募金が、まず、この小説の発端でした。桜は枯れるのか、再生するのか。これは何か人力を超えたものの力によって、命運が左右されます。小説の道具立ては、奇妙な形で揃いましたが、登場する人物は、ただ一人、女骨董店主の風貌が鮮明に浮び上って来ただけで、あとは影さえないのです。

小説はもやもやした形だけで、少しも進展しませんでした。先ず、書くのだ。私はがむしゃらに筆を走らせました。実を言いますと、私の発想はいつでもこうなのです。

起承転結がちゃんとしていて、最後はこうなる、と言うようなことが、ただの一度だって、これまでにあったでしょうか。いつのときでも私は、盲めっぽうに書きました。最初の八十枚を「新潮」に渡したのは、五年前の春です。（あの中篇一つを書くのに、五年もかかったとは、呆れるほかはありません）その最初の章の、一番終りの一行で、やっとのことで、芳乃と言う若い娘が、思いがけない形で姿を現わしました。

私はここでも、瓢簞から駒が出たのだと思うのです。芳乃がどんな娘かと言うことが、この小説のテーマだと、はっきり思いました。そして、だんだんと筆を進めて行く間に、私の頭の中に、ぱっと花が開いたようになって、芳乃の姿が見え始めました。芳乃がこの物語の主人公だ、と私は思いました。生涯の間、一度として、こう言う本格的な形の小説を書いたことのない私でしたが、作中人物を自由に、まるで彫刻でもするように作り上げて行く、苦しいが、しかしこの上もない愉しい仕事を試みた、と思いました。

それにしても、一体、何を書くのか、究極の目的は私にも分っているのに、そこまで、どの道を通って到達することが出来るのか、その途中が分りませんでした。途中も結末も分らない中に、或るとき、突然、ぱっと道が開けたような気がしました。私にとって、そこが最上の結末でした。

「この小説で、ひょっとドストエフスキーの世界が書けたら」と或るとき、私は小林秀雄さんの前で、つい、口を滑らせて了ったのです。小林さんは何とも答えず、ちらと私の顔を見ました。お前なぞに、そんなことが出来たらな、と言いたかったのではないかと、私は思いました。ドストエフスキーの世界なぞと、とんでもないことを言ったものです。しかし、そんなことを口走るほど、私はこの小説のことで、逆上していたのかと思います。勿論、出来上ったものは、ドストエフスキーの世界などとは、まるで関係のないものでしたが、それでも、この小説は、私の書いたものの中で、或いは、一番、人生とは何か、と言うことに近づいたものかと思うのです。

いつものことですが、これを書いている間中、私は幾度、このまま投げ出したいと思ったか分りません。自信があったり、また消えたり、何とも哀れな気持で終始しました。それでも、書き上げて見ると、「宜かったなァ」と思わずにはいられませんでした。

この物語の語り手は、例によって、作者である私自身です。私自身が、事件をつないで行きます。実名で登場する人々のあるのは、これが実際にあったと思わせる、一種の詐術です。作り話ではない、と言うことを、読者が信じるかどうかは、私にも分りません。それだのに、これを書き上げた瞬間、私自身がこの物語をほんとうにあったことと、信じたのでした。ともあれ、この小説は、私の一生の間に書いたものの中で、私はせいー ぱい書いた、これが自分の力の限界である、と思った、そう言う作品でした。

瓢簞から駒が出た、と私は幾度も書きましたが、その大切な駒を、私はこの小説で、いろいろな人から貰ったのだ、とそう思いました。まず、この薄墨の桜の話をして下すった小林秀雄さん、根尾村の宿屋、住吉屋のお内儀さん、岐阜県知事の平野三郎さん、枯死寸前のあの桜に根継ぎの処置を施された岐阜の前田産婦人科病院長父子、その他、この物語の構成に力をかして下すったおおぜいの人々に、私は心からお礼が言いたいのです。一体、これまでに一度でも私は、自分が小説を書いたからと言って、人に感謝したいなどと、思ったことがあったでしょうか。しかし、この小説だけは、自分の力で書けたのではなかった、とそんな気がするのです。

初出『波』一九七五年五月号

私の本箱

私の本箱は黒褐色の塗料で仕上げた、とても粗末なものである。幅は四尺（約一・二メートル）で、壁面一ぱいの高さであるが、これ以上、簡略な形の本箱と言うものはあるまい。

一体、普通の人の誰でもが持っている本箱は、私のものとは比べられないほど立派なものが多いと思う。そしてその本箱の中に入れてある本も、本と言うよりは、本箱の内容を立派に見せるのが目的で列べられたものが多いと思う。

それだのに、私の本箱の中の本は、一番上の段に列べてある本だけが、金ピカの装幀をほどこしたドストエフスキー全集であるだけで、あとの本はどの本も、怠け者の私が、読んだ順序に、ただ、ごったに列べてあるものばかりである。

こうして、いまはベッドの上に横になっているのであるが、ちょうど私の眼の届く具合のところに、それらの本が見えるので、あれは何、これは何、と空で言えるものばかりである。粗末な装幀のものであっても、眼に馴れたそれらのものは、私には捨て難いものばかりである。

その中でも、たった一つ、小林秀雄の生原稿をとじ込んで、私が自慢の古代裂(ぎれ)を使って装幀した、大判の本が三冊ある。各々の表紙の上には、うす茶色の紙が貼ってあって、その紙の上に荒々しく、小林秀雄の直筆の題が、一つは「モオツアルト」一つは「ゴッホの手紙」あとの一つは「『罪と罰』について」と書いてある。

「罪と罰」のわが国への最初の紹介者である内田魯庵も、明治二十二年の夏、初めてこの小説を読み「『恰(あたか)も曠野に落雷に会って眼眩(くるめ)き耳聾(し)いたるが如き、今までに曽(か)つて覚えない甚深な感動を与えられた』と言っている」と小林秀雄は紹介している。

小林秀雄の生原稿はとても読み辛い筈であるが、馴れると、とても読み易い。私は夜半にがばと起きて、読みふけることがあって、亢奮(こうふん)する。これが、私の本箱の効用である。

初出『毎日新聞』一九八五年一月一三日朝刊

凡て尊敬することだ

偶然のことであるが、私のところに、小林秀雄の書いた生原稿があった。これは小林秀雄が生前、雑誌「新潮」に連載したものを、小林秀雄の許可を得て、私が貰ったものである。一枚の原稿用紙に書いたものの三分の一以上が、念入りに抹殺されていて、訂正されていた。それほどに心をこめて書いたものであった。

生原稿と言うものは、文字通りに生々しいものである。私は小林秀雄と言う人間を、心から尊敬している。その尊敬している小林秀雄の生原稿と言うものは、私にとってどんなものであるか、人には理解し難いほどのものであるが、言ってみれば、生原稿のその文字が、ふいに立ち上がって私に向かい、ものを言いかける、神さまか仏さまか、またはお化けのような働きをしているものであった。

その生原稿は「本居宣長」のことについて書いていた。およそ学問のない私のことであるから、その、「本居宣長」と言う人物が何者であるか、あまりにも知らなさ過ぎた。しかし、小林秀雄を尊敬しているあまりに、私は眼を皿のようにして、つまり、紙背に徹するような眼光をもって、その生原稿を読んだ。私は小林秀雄を尊敬しているあまりに、忽ちにして「本居宣長」を理解し、本居宣長に対して満腔の尊敬を捧げ尽くして、また、その捧げ尽くした尊敬のために、本居宣長と言う人物の凡ゆることを、理解したものであった。

　生原稿とは恐ろしいものであるが、また、その迫力の恐ろしさは、言語に絶するものであった。では、その原因になるものは何であるか。ただ、ただ、私の小林秀雄に対する尊敬が、その原因をなしているのであった。

　理解するとは何か。ただ、ただ、そのもの自身を尊敬することである。人々よ。あなたが何事をでも、理解することを望むのであったら、ただ、ただ、そのもの自身のことを、とことんまで尊敬することである。目的は忽ち達せられるであろう。小林秀雄を理解したければ、私と同様、彼を尊敬することである。

初出『毎日新聞』一九八五年六月二三日朝刊

二つの文體

　文體の創刊は昭和十三年十一月号で、十月十五日の発行であった。四谷区大番町一〇四番地スタイル社発行、発売は同番地の四季社であった。大番町一〇四番地は、その頃、私の住んでいた小さな二階家の借家であった。

　その二階家の二階の二た間が、スタイルと言う雑誌の編輯室であった。北原武夫も千駄ヶ谷の自宅からここに通って来て、スタイルの編輯をやっていた。スタイルと言う雑誌は、一種のお洒落雑誌であったが、私たちはこの雑誌だけを発行しているのにあきたりない、とでも言うのか、併せて、文学的な雑誌もやりたい、と思っていた。仲間に、三好達治さんがいた。その他の友だちも一緒に、ぜひ、やりたいと言う話があって、文體を創刊する運びになった。

　表紙は藤田嗣治の描いたマドレーヌの顔の、黄色い絵具で描いた線描きで、題字の文體も、体の字をわざわざ難しい字で書いたりした。創刊号の顔触れは、堀辰雄、小林秀雄、伊吹武彦、谷川徹三、井伏鱒二、神西清、吉村正一郎、佐藤一衛、生島遼一、それに私と北原であった。編輯同人が集ることがあると、私はその食事を作るのに、釜で飯を炊いた。台所ではなく、往来に出て、軒下にしゃがみながら、釜を竈にかけて、薪をもして炊いたのを覚えている。何ごとも、原始的な方法であった。偶然に集った仲間であるのに、いま見ると、そうそうたる人ばかりが集っていた、と思われるのも、奇縁である。

しかし、やがて戦時になって、紙の配給がなくなり、スタイルも文體も廃刊になった。戦時下では一そうのこと、文體を惜しむ気持が、これらの人々の中に残った。私の家は四谷大番町から小石川仲町に越していたが、ときどき、みなで集って、フランス風のサロンを気取り、何か話し合うような会をしたりした。坂口安吾、高見順、中山義秀などが加わった。

第二次の文體は戦後、昭和二十二年に、やはりスタイル社で併せて発行した。しかし、仕事場も経理も全く切り離して、独立した仕事として再発足したのは、この雑誌の発行を重視した解釈のためだと思うのである。表紙は青山二郎で、小林さんの「ゴッホの手紙」や、大岡さんの「野火」、河上さんの「萩原朔太郎論」など、文體の再起を飾るものであった。表紙も口絵も、その頃としては他に見られない豪華な色刷りで、或る号にのせたゴッホの麦畑など、いまも眼に残っている。奥湯河原に加満田旅館と言うのがあったが、そこに小林さんその他を缶詰めにしたことがある。「猛獣みたいに、小林さんは部屋の中をぐるぐる歩いてるのよ。」と言って、その部屋を覗き見した女中が言いに来たこともあった。小林さんだけでなく、人々の意気込みに、一種の気迫があったと思う。しかし、この文體も中途で廃刊した。本家のスタイルが倒産寸前、やがて、倒産したからであるが、この文體と言う雑誌の印象は、いまも私たちの脳裡から離れない。

初出『文体』一九七七年六月号

文學界の表紙

文學界と言う雑誌が世の中へ出てから、今年で、もう、五十年、と言う話には、吃驚仰天しているところです。

私の書いたものの中では、何となく気に入っている「或る一人の女の話」と言う作品は、その文學界の、昭和四十六年の一月から十二月までの一年間に連載され、昭和四十七年の二月に、文藝春秋社から、単行本となって発売されたものでした。その他、昭和四十七年十月には、「いま見るとき」。昭和五十年七月には「八重山の雪」。昭和五十三年六月には「遠い過去」など、文學界に載せた短篇、長篇があります。

私にとっては、文藝春秋社と言うところは、それは馴染の深い社だったのです。中でも、社長であった佐佐木茂索さんとはとても昵懇で、社の前を通ることがあると、ちょっと雑談をしに、寄ったりしたものでした。

あれは、戦後しばらく経ってからのことでしたが、佐佐木さんは私の顔を見るなり、

「どうも、こんな世の中になると、文学だ、小説だ、なぞと言うのが、焦れったいですね。いっそのこと、新興宗教でも始めた方が、手っ取り早く金が儲かると思うのですが、どうですかね。誰か、頃合いな教祖さまになれるような人間はいないですかね、」と言ったと思うと佐佐木さんは、ぱっと両手を叩いて、「いるいる。じいちゃんですよ。」と言ったことがありました。

じいちゃん、と言うのは、その頃、私たちのとても親しくしている、青山二郎と言う人のことでした。二郎ちゃんと呼ぶのを、もじって、じいちゃん、と呼ぶのが習慣だったのですが、これは、青山二郎が子供の頃から、そう呼び慣らわされていた、言わば、幼名、とでも言うようなもので、私たち仲間の間では、その青山二郎のことを、青山さん、などと呼ぶのは、いかにも他所々々しくて、この、じいちゃんと言う呼び名が、とてもぴったりしているような気がしていたものです。

「あ、」と、私も佐佐木さんのした通りに、両手を合せました。それは二人とも、親しさのあまりに、ちょっとふざけて、そう思ったまでのことでしたが、そのとき、ちょうど、まるで私たちの話していることが、聞えたのでもあったかのように、当の青山二郎が、ふらりと文藝春秋社の応接間に姿を現わしたのでした。

偶然と言うのか、好い案配と言うのか、その青山二郎の姿を見ると、あまりの間の宜さに、私たちはまた、ぱっと手を叩きました。「じいちゃん、とても好い金儲けの手があるんだけど、どうだい。手伝ってくれるだろうね、」と言って、佐佐木さんはふざけ半分に、笑いながら、その教祖さまのことをじいちゃんに話したものでした。

　ひょっとしたら、じいちゃんも面白半分に、「ああ、やるよ。」と言うかも知れない、と思っていたのですが、じいちゃんは、そこの応接間のソファの上から、半分、体をおっことしそうにして、まるで、その私たちのところから、逃げ出そうとでもするように、「可厭だよ。そんなこと、可厭だよ。」と言ったものでした。

　そのときのじいちゃんの様子は、いまでも眼について離れないのですが、いくら金儲けのためだと言っても、そんなインチキなことが出来るものか、と、半分は怒り、半分は逃げ出そうとしているじいちゃんを見て、私たちは、あっ、と心を突かれました。じいちゃんにも、そんな真面目な半面があったのか、と思うと、そんないたずらをしかけた自分たちのことを、申訳なかったと思ったものでした。

　青山二郎が最初の頃の文學界からずっと、その表紙を描いていたことは、いまでも、知らぬものはありません。青山二郎は画描ではありませんが、余技として画を描き、その、一種、抽象的な、格調の高い図柄は、ほかに真似ることの出来る人はありませんでした。

のちに、それらの表紙を、京橋の或る画廊に列(なら)べて、展観されたことがありましたが、それらは単に表紙と言うものとしてではなく、或る一種の、独立した絵画としても通用する、重厚なものであったことを、私は記憶しています。

文學界の表紙と言えば、私はめったに人の持つことの出来ない、或る一枚の画を持っているのです。それは今年の文學界の五月号である、「追悼特集・小林秀雄」の表紙になっている、久保守画伯の小林秀雄さんの肖像画なのです。

これを或る人によって自分のところに乞い請けたときの、狂気乱舞するような私の気持は、終生、忘れることの出来ないものですが、いまは、私の家の、広間の壁面にかけてあって、始めの間は、それの見つめられる一つところに、じっと坐ったまま、時の経つのも忘れて、見守っていたものでした。この画には、生前の小林さんをよく知っている者にとっては、魂も打ち抜かれるような或るものが描いてあります。

あの口許と眼(まな)ざしの中に浮んだ優しい微笑は、ひょっとあれは見間違いではなかったか、と思われる、或る鋭さのうかがえる、複雑な表情を見て、愚かな人は、凡てを見すかされたもののように感じるかも知れませんが、これは、ただ、対者には哀れみを、自己には虚心しか持たなかった人の美しさではないでしょうか。

これが自分の若い頃から、馴れ親しんで来た小林さんか、と、私は呆然と見守ったものです。可笑しな習慣ですが、私はこの頃、あの広間を、毎日、「ひい、ふう、みい、」と指を折り曲げては数えて、一万歩ほど駆けめぐるのですが、その間に、小林さんの肖像画のかけてある前を駆けるときは、あ、小林さん、とちらりと見て、駆け抜けるだけなのです。

また、同じ壁面には、アランの著書の扉のところを開いて、額縁にしたものがかけてあります。その扉には、「この本は、私の書いたものの中で、一番むずかしいものです。たぶん、いまのあなたには分らないものだろうと思いますが、敢て、献呈します。」と書いてあるのです。

小林さんの肖像画の前では、あ、小林さん、と思って駆け抜けるのと同じように、アランの本の扉の前では、あ、アラン、と思って駆け抜ける。これが、私の考えている思想界の先達に対する、尊敬の現わし方だと思うと、おかしくなるのですが、もう一つ、この二人の先達のほかに、これは阿波の人形師の天狗屋久吉の作った、「お弓」の人形が、ガラスのケースに入れて、広間の奥においてあるのを見て、あ、天狗屋久吉、と思って駆け抜ける。この三つの、私の宝物を、ちらと見ながら、駆け抜けるとは、何と言う面白いことではないでしょうか。

初出『文學界』一九八三年一一月号

Ⅲ　宇野千代の話

青山二郎　小林秀雄

最も善く出来た田舎者――宇野千代さんについて

青山二郎

1

別に変った人間がある訳ではない。鶯は梅の木にとまるのが自然だし、鶴は松の樹に宿る。変り者なら、変り者ほど変った事が出来ないから、変り者に見えるのだ。確に、人と違った眼をした人間もいないのである。岡本太郎と壺中居は一つ眼の持主だ。違っていたら、人様々な眼の着け方に何の変哲があるだろう。

宇野さんは酔ッぱらいが嫌いだ。ところが我々と来たら、まず並みの酒飲みではないのだから、それで酔ッぱらいが嫌いになったのである。そんな事は酔漢の知ったことではない。夕方から朝まで飲んで、一眠入りして午頃から晩の十二時頃まで飲んで、喋りまくる。酔ッぱらいは嫌いな癖に、そういう時の宇野さんのつき合いのいいこと——その調子で麻雀をやるから、酒飲みも麻雀も一緒にするから僕は不賛成なのである。雑誌「スタイル」を出したり「スタイルの店」を出したり、きものの展覧会をやったり忙しい人だ。羽田からパリに飛立った晩の顔が忘れられない。骨董の方では僕は宇野さんの先生だが、小林が「ゴッホ」を書き僕が「鉄斎」を書いた時、我々を湯河原の宿屋に一月以上も置いて呉れたのは北原君と宇野さんである。それから此方、何うやら僕に随筆なんてものが書ける様になったのである。

僕がこの夫婦を愛しているのに不思議はないが、二人が僕を好いて呉れるのは訳が分らない。会えば悪る口の言合いである。北原武夫は蒸気ポンプの様な頭の働き方をするし、宇野千代は写真屋の様な見方をする。前者は好人物なのだが当人はそう思っていない所が石頭なので、僕の付けた綽名が乃木大将と言うのである。後者は芯からの空想家で、何事に依らず一家の震源地だからこの夫婦を見ていると面白い。別な意味と別な状態で両方ホッホとしている。

「お千代はアタマが悪いですよ」と一方が言ってるかと思うと、

「北原はケツが悪くて熱海に行ったの」という電話だ。

2

宇野さんの事を、人間として最も善く出来た田舎者だと僕が言ったら、あれで田舎者に徹したらモット素晴しい人だったろう、と言った人がある。

北原君は所謂美男子かも知れない。ハゲ頭で湯から出たての様な顔をしているが、以前は美男子だったのだろう。美男子が美男子を活用出来たら羽左衛門である。だが当人にして見れば中々そうは問屋でおろさないのが、美男子に産れた弱点だ。眼玉が一皮むけるかむけてないか紙一重の問題である。頭の働き方にも同じ様なことが言える。蒸気ポンプの様な理窟ッぽい頭の働き方、そういう精神に、自分が惚込んでいるもう一つの精神があるから理窟ッぽく見えるので、精神の存在が羽左衛門にならないのである。美男子が美男に気付き、精神が精神に気が付いたら失格する、失格して見なければその味は分らない。女の人の本に恁(こ)んな事を書いて何うかと思うが、宇野さんの所で我々が何時もしている話なのである。宇野さんの実生活上の消息については、僕は殆んど何一つ知っていないのだ——人間の一生とは偶然な出来事と、それに対する幾分か正確な反応との連続である——と或る外国の作家が言っている。そういう時の宇野さんという人を実地に見たことはないのである。

『一昨夜三好さんが遊びにいらして、ちょうど北原も家にいましたが、また例の「娼婦的性格について」話が色々と出たのです。自然私は、いつか鎌倉から帰りの電車であなたにお話したあの話を、また繰り返して話しました。

　それはあのゆき子ちゃんのことです。あなたにもお話したと思いますが、或る時ゆき子ちゃんは私の傍に寄って来て、ふいに「あたし宇野さん好き、大好き」と言いました。不意のことで私が面喰っていると、また続けて「あたしこの爪剝（は）がしちゃう。ね、剝がしちゃえって宇野さんが言えば、あたし今すぐ剝がしちゃう」と言って、自分で自分の両手をまさぐり乍ら、いまにもその爪を剝がしそうにするのです。ゆき子ちゃんは勿論お酒に酔っていました。それは確に、酔っている時のゆき子ちゃんの一寸した気紛れに違いないのに、私はその瞬間、あ、ゆき子ちゃんはほんとに剝がしちゃう、と思いました。

　私は狼狽（あわ）てて、ゆき子ちゃんのその手を押えました。あなたも御存じだと思いますが、ああ言うときの酔っているあの人の眼は、ほら、小さい子供が、生れた時のあどけない顔でいて、いつ覚えたのか（それは悪魔だけしか知らないことです）大人に媚（こび）を送るときの、あの眼に似ています。私は自分が女だと言うことも忘れて、今直ぐ駆け出してこの人を助けに行かなければこの人は亡びる、とでも言うような、ある差し迫った心持になったのを覚えています。

私は女ですけど、あの時のゆき子ちゃんの眼には、たぶん、ある種の男の中にあるのと同じ何かが私の中に見えたのだと思います。自分のすぐ間近かに、人間的善意に満ちている、或いは男性的虚栄心に満ちている者のいるのを感じたとき、本能的な、まるで電波のような敏感な娼婦のある種の才能が、閃光みたいに働きかけるのではないでしょうか。それによって何かを得ようと言うような、功利的なものが主体では決してない、と私は思うのです。ゆき子ちゃんの誘惑にかかるものが金持ばかりでないのはそのためです。

考えて見ると私の一生の間に、ただの一度も男に向って、こう言う言葉を言ったことはないように思います。私が娼婦でないと言うことは、しかし私の自慢になるでしょうか。奇妙なことですけど、何だかちょっと淋しいような気がするから面白いですね。ではお目にかかってまた。ゆき子ちゃんに宜しく』

これは宇野さんから僕に来た、三年程前の手紙である。この手紙の遣り取りを、左に載せて見る。

3

『お説の通り、ゆき子はかなり面倒な魅力を持った女です。女と言うより、人間としてのゆき子しか私には写りませんが、それでも人間としての魅力なら私にも分ります。それが女として自然であると同時に、別な意味で彼女の演技である点に注意しなければなりません。女として極く自然な魅力と見える点に、別な演技が技巧的に加担すると言う意味でなしに、人生は演技なりと言う言葉があるとすれば――自然の魅力と人智の演技は、美貌と聡明とに分れて彼女にそなわったものです。

私はゆき子の、宇野さんが言われる方の魅力に対しては何うもいささか無関心ですから、彼女の人生演技について御返事して見たいと思います。宇野さんに、女としてのゆき子はそのものずばりと言い当てられているのですから、私は他の半面を語ります。

ゆき子と言う女は自分に対しても、人に対しても、世間に対しても空想と言うものを持たない女です。概して空想を抱かない女なぞと言うものは冷酷に見えたり、不平家に見えたり、利己的に見えるものですが、ゆき子は昔からああいう女で眼先きの理想だとか憧れを夢見ないことに腹を決めた、顔一杯を口にしてゲラゲラ笑う女です。私の何時も言う所謂不感症の女です。人は彼女の演技を世の常の犬猫に等しい恋愛と全く混同しています。男にして見れば魂を捧げ、精神を傾けて彼女を熱愛しずにはいられないでしょうが、それとこれとは話が違います。男は宇野さんの言われた様な場所で、極く自然に勝手に捕えられています。さもなければ、頭で感心しているのです。一般的な場合の外は今はお話することが出来ませんが、梅川について嘗て私が語った、人を狂犬にさせるもの、その演技にその後自分で縛られて行くのがゆき子の梅川に似ている所です。彼女は梅川であるばかりでなく、梅川の役者が演じる「女形(おやま)の演技」を私はゆき子という女の中に見るのです。女が女形に変態して、男を狂犬にするから不感症だと私は判断するのです。だから相手の忠兵衛さんが何者であろうと、世の常の男女関係を私は考えることが出来ません。男女関係は犬猫の恋愛だと宇野さんが言われた。そこをようやくの思いで突破している処に、私は彼女を発見しているのです。

　彼女の魂には昔から、彼女にしては支え切れない強暴な刻印が打たれているのです。それ以来、長い間に段々呪われて行って、自分が何時か虎の様な姿に変って行ったのを当人は気附いていません。彼女はいつまでも自分は美人だと思わせられています。自分の頸に綱をつけた悲しい虎が、その手綱をくわえて……本来の女性に立返りたがって彷徨(さまよ)う有様を、彼女の底に見ることが出来ます。その結果この虎は人の魂を喰い荒す様にも見られて来た悪女です。「聊斎志異」だと仙人が現れて彼女の呪詛を解くのですが、南画では虎をその儘の虎として猫のように手馴ずけた仙人が、虎にもたれて昼寝の夢をむさぼっている図があります』

4

『お手紙拝見しました。「聊斎志異」とはどんなものなのでしょう。あなたのお手紙を見て、私は自分も自分の眼でそれを見たいと思いました。

お手紙に書いてあるのは、あれはあなた流の喩(たと)え話なのかも知れませんが、私にはいかにもそんな悲しい姿をした虎がいるような気がして、自分もはっきりその虎を見たような気がしたのです。女とは何と言う可哀そうなものでしょう。そうですとも、あなたはああ言う言い方で、ある種の女の、世にも哀れな運命をまざまざと描いてお見せになったのです。ついこの前の手紙で、私は自分のことを自分は娼婦ではないと書きましたが、私もまた自分の頸に手綱をつけた悲しい虎であると、はっきりそう思いました。これも感動の浪費でしょうか。

あなたのゆき子ちゃんに対する人間的な愛は、あれは何でしょう。今度のお手紙で、私にはあなたの世にも不思議な、公正な感情がよく分りました。そう言うあなたに向って、私はまた何と言うそそっかしい、下手な、無愛想なものの言い方をしたのでしょうね。

男女関係は犬猫の感情だと、確かにそう言うことを言ったのですけれど、（いま思うと気がひけますが）でもあれにはあれなりに、ちょっと訳があったのだと思います。あのとき私たちは或る人の不運な恋愛について話をしていました。人はこう言うとき、いつでも人の話の中に、自分の思いを託してしかものを言うことは出来ません。犬猫の感情だなぞと、言葉の上だけでも威勢よく、こう言う愛情を否定して見ることが私自身にも満足だったのです。あの話題の人の不運は、私には単に病気と見ることが気に入りました。あの晩、家へ帰ってからも私はしばらく考えて見ましたが、ああ言う場合に、人間の感じる未練の感情は、あれは一種の空想ではないかと。自分についている狐をおとすのが、人間の判断と言うものではないでしょうか。人の不運な恋をいたわって見せることは決して好いことではありません、真の友だちに対しては残酷になりたいと、私はそんなことを思ったのでした』

『心掛けの良い女は見掛けもいい。何故そう言う風に誰でも言うかという段になると、十人十色ですが、そこで私はこういう風にゆき子のことを考えます。

　心掛けの良い女が、世間に対して静かにじッと堪えているのは、その場その場の人間関係を愛しているからでもなく、反対に彼女が冷淡だからでもない。まして、俺が俺がと言う自分の根性の方が大事だから我慢しているというのでもありません。心掛けの確かな女には世間というものが、動物園とか、植物園とか、博物館とか、何かそんな風なものに見えるらしいのです。錦蛇は大きな錦蛇のままで、身動きも出来兼ねて檻に入っています。手に負えた話ではない。人間社会も一種の自然と観ることが出来るのです。嵐の日、近所の火事の夜に、静かにじッと堪えている……自然に逆らわない眼と言いますか、そう言う心掛けが世間に対して何か頭の働きを止めるのです。サジを投げた所からものを見ています。頭を働らかすことを廃めた所に、ものの見方が生じてそれが彼女の感情のスタイルに成ったのです。誰も見ていない便所の中でも、歯を喰いしばってもゲロは吐かない、これは紙一重の感情です。こういう感情のスタイルが大体女の心の形を定めるものです。だから心掛けの良い女は見掛けも良い筈で、梅玉の玉手御前が花道に立っただけで、私はゾーッとします。

　我儘勝手なものが兎角人間であって見れば、お互いにそんな人間を愛していて、何故それにそのうえ批評を加えなければならないのでしょう。頭の働きを廃めて、人に堪えているだけで既に見るものは見つくしている筈です。それが批評でなくて何でしょう。歯を喰いしばってもゲロを吐く場所はありません。宇野さんを御覧なさい、特徴は弱点で未熟は美徳です。併し、それもこれもゆき子の知ったことではありません。聖フランシスは小鳥や魚と話しています。我々写真屋さんも小鳥の眼や魚の耳から学びましょう』

5

宇野さんの手紙は個人的で、それだけでは貰った当人でも消息が良く分らない事が多いのだが、だから、宇野さんのラヴ・レターという様なものが出て来たら、訳が分らないなりに酷く面白いのではないかと思う。先日会った時、一世一代のラヴ・レターを最近貰ったと言うから、それを此処に載せたいから見せて呉れと言ったら、そういう事を言うから常識がなさ過ぎる、と宇野さんは色をなした。載せると言わずに見せて貰って、載せて仕舞えばよかった様なものに違いないのである。宇野さんは僕より余ッぽど常識があると思っている、僕どころではない、北原武夫より常識があると思っているらしい。この分では近々に行って「常識について」一席ぶたずばなるまい。

『青山さん。昨夜は久々でお目に掛って色々と考えました。実を言うと、私はこの頃とても騒々しい生活をしていますので、われ乍ら呆れるくらい、考えることは一とき伸しと言う気持でいますのです。あなたには叱られるかも知れませんが時々お目に掛って、こう言う私の「こわれ掛った写真機」を修繕する必要がありそうです。

あなたはあれから、直きにお帰りになりましたか。私は帰ってからも中々眠られず、まずそのことを繰返し考えたのです。ほんとにあなたは、何うしてそんなに人の気持の中まで見抜いてお了いになれるのでしょうね。「女をとり止めようとしている」と言うのは丁度いま私の心の中の、誰にも決して見られていまい、と私の思っていた内密のある願望の表現です。私はこの十日ほど、あれは日が暮れて慌しい街の人混の中を独りでせかせかと通り抜けるたびに、何と言う空虚な思いに駆り立てられるか分らないのです。「そうだ、私はほんとに生きているのだろうか」と言うような、差し迫った気がするのです。笑い、話しかけ、あんなに駆け出したりしている大勢の人々との間に、こんなにもはっきりとした断層を感じるのは、これが老年と言うことなのでしょうか。

考えて見ると私の一生は、いつでも何事かを「とり止めようとしている」瞬間の連続であったような気がします。放置してもしなくても、やがてはひとりでに逃げて行くと決っているものを、こんなにも「とり止めようとしている」一生は、それこそ愚かな煩悩の世界ですね』

女は実地に女であることと芸術家であること、この二つの世界を何う始末するか。そう言う意味で、宇野さんが未だ女をとり止めようとしていると言ったのを覚えている。宇野さん程の人が、女としての偶然事に未だ何か決定的なものを期待しているのだろうか。

6

『一口に、其処らも何々の谷合と言うのでしょう。此方側は人家もまれな片側道で、前は細い道に添って一面の田です。幅一町足らずの田で、向うは直ぐ雑木林の山裾になっています。刈った許りの切り株が水の中に並んでいました。さっきから六、七匹の犬の群れが此の一本道を、折り重なる様にして行ったり来たりするのが見えました。

我々は其処に風流人が住んでいて、招ばれたのです。廊下が一間余もあり、その外が濡縁になっている根太（ねだ）の高い建築物で、寺の本堂の様な古い家でした。廊下の角に大きな炉が切ってあって、軈（やが）て夕方になりました。我々は月の出るのを待って炉の周囲に陣取り、一杯始めていました。

「熱海にダイナマイト心中があって、五哩（マイル）先きまで聞え、方々から消防自動車が馳け附けたが、宿屋が吹ッ飛んだだけで大事に到らなかった」云々。友達の一人が火鉢に手をかざしていたが、下を向いてケラケラと笑いました。これが趣味家の主人にいけなかったらしいが、それは後の話になります。

　それより少し前のことでしたが、姿は見えないが近くで犬の嚙み合う烈しい喧嘩があって、続いて五、六匹の犬が鳴き騒いでいました。その中の一匹が先きに立って、と言うより追い立てられた様に、前の田の中に入って行くのが見え、後から大きな犬がザブザブ入って行き、小さな犬も何匹か随いて行きます。残りの犬は道の所にいるらしい。すると、先きの二匹が闘犬の様に前脚で立上り、頭を振ってエライ声で嚙合いを始めましたが、またたく間に一方が引き倒されました。大きな犬は前脚を踏ん張り相手を啣（くわ）えた儘、頸を振って離さない。後から随いて来た三匹が、水田の中に押倒されている犬に向って、しきりに吠え附き、隙があらば嚙み附こうと跳ね廻っています。

「ああ、月が出た——」と誰かが言いました。雑木林に大きな月が出たところです。水の中の犬は硬直して、大きな犬が一振りすると——木馬が寝返りを打った様に四本の脚を突ッ張った儘、反対側にゴロリと返えるのが見えました。既に抵抗しなくなったので、大きいのが漸く離れると、側にいた犬も互いに誰にともなく吠え合い乍ら、大きいのに随いて道端に上りました。そして其処らにウロウロしている仲間の中に入り、一匹の雌を囲んで何処へか群がって行って仕舞いました。

丁度この前後に酒席で「熱海の話」があって、友達がケラケラと笑ったのです。それは食い殺されたのか、水の中で窒息したのか分らない。暫くして矢張り気懸りで、ふと眼をやりますと田の中に犬が立っています。骨と皮ばかりに見える泥だらけな姿で、あの犬です。すると静かに頭を上へ動かし月に向って、普通より少し息の長い、沈んだ声で遠吠えを始めるのでした。雑木林の裾に穴があって自然に水が涌いている、その方へ歩いて行く影を見ましたがその先きは暗くて、何も見えません』

『青山さん。お手紙拝見しました。あなたのお手紙を読むと何時ものことですが、私はまるで謎々を掛けられたみたいになるのです。健康なことか何うか知りませんが、私にはどのことも、自分の身に覚えのある事柄に思えるのです。あのまま南画の絵みたいに、のんびりしたお手紙だのに、読む人間の心境によっては実にショッキングなお手紙です。たぶん、昔ああ言う枯淡な山水画を描いたりした人たちも、矢張りあたと同じ様な一種の辛辣な写真屋さんだったに違いないと思いました。「ああ、月が出た——」と言うゾッとするような科白。骨と皮ばかりで泥にまみれている犬は、一体誰に似ているのでしょう。煩悩の世界も、あそこまで追い詰めた形で見ると、ケラケラッと笑って了えることになるのでしょうか』云々

右の七通の手紙は甚だ妙な調子のものだが宇野さんの為人（ひととなり）が出ているので、連絡材料として僕の手紙も出して見た。

初出『現代日本文学全集45』解説　一九五四年一一月筑摩書房

夜眼、遠眼、傘の内

青山二郎

宇野さんの小説で、宇野さんがだいじにしているものはその中の話の内容ではない。緊張したところに来ると、宇野さんにはそれが一枚の画になるのだが、画になると言ったのでは解りにくい。併し作家にとっても読者にしても、それは一つの劇的な形として心に焼きつくものだ——宇野さんの小説は、好んでそういう姿を言葉という色彩で表現しようと苦労した、独り相撲である。

これは普通言われている小説の描写というものに似ているが、宇野さんの文章には彼女独特な想念の流れがこびり付いていて、これなくしては小説なんか書く意味を失う程の執念の強い文体になっている。中共の京劇にも謡曲の文句にも、近松の道行きにも、主人公が舞いながら自分で自分を謡いあげる形式があるが、どっこい下手をするとこれが宇野さんの弱点にもなる。

私は宇野さんの小説を、一本足の「唐傘のオバケの踊り」だと思っているのだが、又これが宇野千代という人そのものなのだと思う。

○

一方で我々は今日、病気でもないのに早期診断をして貰って、胃袋を半分持って行かれたりしている。胃袋を半分遣ったら、後は絶対に安全なのかと言うと、次に脳溢血が待っていて、酒はいけない煙草はいけない。砂糖はいけない塩はいけないと言う。予防医学なんか無かった昔は、人間は何うやって生きていたのだろう。恐いものは地震、雷、火事、親父しかなかったのだ。その頃の人間は神仏に頼んで、あの世にまで手を延ばそうとした。今日の自動車の座席には枕のような物が付いている。あれは後ろから追突された場合に、頸の骨を折らない用心なのだそうだが、誰もそんなことで安心している訳ではない。今の人間には只もう此の世に未練がなくなったのである。

宇野さんの「唐傘の踊り」が見たかったら、彼女と暮したことがある数人の人間から、宇野さんという人を考えて見ることが出来る。中でも北原武夫のものを読むと色々なことが色々分って来る。宇野さんの事を書いた小説が参考になると言っているのではない。宇野さんのことなぞ、始めから一行も書いて貰わないでもいいのである。

ただ最も優秀であり、最も美貌な女性であったら、誰一人北原武夫にあこがれなかった女はいなかったろう——して見ると、宇野千代もそんな女の一人だったかと言うことが問題である。当然、宇野さんもそんな女に違いなかった。

私はモラヴィアの『倦怠』（河盛好蔵訳）という小説を読んだ。近頃こんなに面白い小説を読んだことがない。六十代の老作家が、若い小説家には決して書けない恋愛小説を書いたものだが、兎に角眼が違うのだ。眼が違うことでも身につかなければ、何時までたっても空しき六十歳である。この小説では、六十五になる色狂いの画家が腹上死をした、その翌日から話が始まる。宇野さんに読ませたい。モラヴィアはこの爺さんを相手にもしないから、死んだことにして登場させていないが、誰もこの爺さんに敵わないので、題して「倦怠」という。

初出『日本現代文学全集71』月報　一九六六年二月講談社

感想

小林秀雄

終戦後間もなくの頃、宇野さんが出していた季刊雑誌「文體」に、私は、「ゴッホの手紙」を載せて貰っていた。宇野さんの代表作「おはん」の連載は、同じ雑誌で始められていたから、この作は、早くから読んでいたが、雑誌廃刊で未完に終った。魅力ある文だったので、後が「中央公論」で始まったのを、追いかけるようにしたが、思い出したようにしか掲載されない始末で、はては姿を見失った。この長くもない作品を仕上げるのに、作者は、何年かけたのであろうか。

実は、今度、宇野さんの全集が出るに当って、何か書かねばならぬ仕儀となり、初めて、これを通読したのである。そして、この古風な作が、最近、急速に変って来た文学界の傾向のうちで、どう迎えられるだろうかという事が、ごく自然に心に浮んだ。それが、この作の特色を成すものを、改めて考えさせたのである。先ず、直ちに思ったのは、今日の新しい作家達には、とても想像も出来ないような、物語るという、物語作者の悦(よろこ)びである。と簡単に言ってみるが、その内容は、なかなか簡単ではない。

作の主人公は、表向き「おはん」であるが、語り手は亭主であり、そちらの方に、作者は乗り移って、その才を傾けているから、此(こ)の女房と妾(めかけ)との間を揺れ動き、一向に心の定まらぬ男の姿が、鮮やかに浮び上って来る。この主人公に成り済ました男は、何の取柄もないやくざ者、と繰返し語る己れの身の上話に酔っている。おはんは逃げて、行方不明となり、その置手紙を読んで聞かすというところで、男の身の上話は終るのだが、「旦那さままいる、おはんより」と書く女の文体が、そっくりそのまま男の語り口となっている。言うまでもなく、そんな事は、実際には起り得ない。それが物語の世界では、極く自然に起っている。ここで、特に持ち出した一例は、この作家にあって、物語るという悦びに寄せられた信頼が、いかに強いものであるか、それを端的に語っている。これに誘われて、読者は納得するのだし、物語に這入(はい)って行く他の道がある筈もないが、やはり物語の不自然な筋だとか、人物の動きのわざとらしさとかが言ってみたくなる人は多いだろう。今日よく使われているフィクションという、侮りを含めた言葉の強い影響下にあるからだ。

もし、この作家がフィクションという言葉を口にするなら、それは、事実とか存在とか呼ばれているものに対して、はっきりと己れの世界を主張する言葉となる筈だ。

そういうものに対する、不断の挑戦が、物語るという事、即ち本質的な意味での創作であろう。所与の事実に屈服しているようでは、誰も生き生きとは喋れまい。この平凡な事実の、言わば極端な意識化が、この作で行われている。作の語り口の巧みを見れば、明らかだが、フィクションの自律性ともいうべきものが、激しく求められている。そして、これを得る為に、先ず言語の伝統的組織の秩序の解体が行われ、其処に生じた材料が、根柢から加工されて、編成し直されている。そういう次第を辿るなら、このような語り方は、何処からその現実性を得ているかも、おのずから明らかになって来るだろう。この語り方が見合っているものは、作者が重ねて来た生まな恋愛経験ではなく、言わば、その育成され、純化された上で、信じられるに到った恋愛観念なのである。

これは「おはん」評ではない。老来、何事によらず、生まな経験の鋭さ強さは遠ざかって行くが、その発展の方は不確かであり、遠ざかって行くのはいよいよ確かになって来た者に、おのずから浮んで来た感想を記したのである。

初出『宇野千代全集』内容見本　一九七七年七月中央公論社

〈巻末エッセイ〉
淡島の家

大岡昇平

宇野さんは戦後の「文體」に「野火」を書かせて下さったことで、私として忘れられない方である。そして大正の文学少年として、その名を最も古くから知っていた女流作家の一人である。

「脂粉の顔」で、時事新報に懸賞当選し、次席の尾崎士郎と馬込村に同棲したこと、本郷の燕楽軒にいたころ、芥川龍之介や今東光が通っていたことなど、文壇ゴシップを私は知っていた。その後の恋愛遍歴もことごとく知っている。作品だけではなく、その美貌と恋愛者としての宇野さんが、私のずっと持っていたイメージである。

昭和六年、東郷青児のアトリエつきで、世田谷区淡島に、新築された家も知っている。私の父はその数年前から淡島森巌寺の裏に道楽の植木店を出していたが、昭和五年に家を建てて引越したからである。下北沢（後に北沢二丁目）二四六番地、交通は新宿へ出る時は小田急を使うが、まだ井の頭線はなく、渋谷へ出る時は、淡島前からバスを使う。宇野さんの新居の前をよく通った。

たしか低い鉄の網目垣の中に、芝生の前庭を広く取り、白塗りの一階建の洋風のモダンな建築で、大きなガラス戸越しに、家の中がよく見えた。その頃、こういう開放的な家は珍らしかった。芝生に（つまり道に）面した広いサロンに、夜は明るい光がともり、宇野さんがひとりで何かをしていたり、マージャンをしていたりした。この上なくうらやむべき、満ち足りた結婚生活の雛型と見えた。その生活のすみずみまで、世間に見せてもかまわない、むしろ見せびらかしたい、との高ぶった気分で生きていられるように見えた。

従って不満な大学生であった私は、その明るい家の前を通るごとに

「ちぇっ、うまくやってやがらあ」

と呟くことになるが、東郷と別れたあとで書かれた作品や回想を拝見すると、この家が大変なむりをして建てられたものであること、我ままで浮気者の東郷との同棲生活と、自分の作家としての生活との調整に深刻な苦労があったことを知って驚いた。

うらやましいのは、その後、年下の美男作家北原武夫と結婚し、戦後、「スタイル」の再刊に成功し、熱海に別荘を建てられた戦後になってもかわらない。

この輝かしい存在に、最初に口をきく機会を得たのは、木挽町の家に青山二郎に連れて行って貰った時である。小林秀雄、高見順がいた（高見とも初対面だった）。拙作「俘虜記」が「文學界」へ出た昭和二十三年二月のことで、原稿を紹介してくれた青山と二人で、みなの評判を聞きに行ったのだった。しかしまだ誰も読んでいなかった。

まもなく私は宇野さんから手紙をいただいた。青色の便箋に、いまと同じていねいな字で書かれたもので、執筆の依頼だった。「俘虜記」の文体で、恋愛小説を書けというのである。当時、私に書けといってくれるのは、「作品」の八木岡英治だけだったので、特別にうれしかった。

しかし私はさし当って書きたかった「野火」の主題を語り、内面的冒険小説ともいうべきもので、フィクションであり、面白いものだ、と宣伝した。寛大なる宇野さんはそれでもいいと言って下さった。京都の十六師団の俘虜の友人たちに、話をききに行くために、五万円（当時としては大金である）を図々しく請求すると、快く出して下さった。

これらのいきさつは、これまで何度も書いた。後藤明生たちの「文体」創刊号にも、誌名にちなんで昔話として書いたばかりだが、これは私として忘れられないことであり、また宇野さんへの恩として、この月報に改めて書きとめておきたいことである。「野火」は前半が、「文體」第三、第四号に載ったが、その頃から、大手出版社の服飾雑誌が復活し、「スタイル」の経営がむずかしくなり、「文體」休刊と同時に中絶した。しかし、拙作のよい部分は宇野さんの「文體」に載った部分にあるはずである。季刊連載という条件と、宇野さんの巧みなおだてによって、作品はたどたどしい足取りながら、一歩一歩踏み固めながら進行した。小金井の富永次郎の家や小林秀雄の離れなど寄寓先で、推敲を重ねた頃の気分の張りは、二年後、「展望」で書きついだ頃は失われていた。

「武蔵野夫人」を書いている頃、恋愛心理の大先輩として、意見をうかがいに行ったことがある。宇野さんは「女の気持を見抜いていて、悪い人ね」と言って下さった。これが男にとって、ぞくぞくするようなうれしいほめ言葉であることを知っておられるのである。(その後、誰からもこんなことを言われたことはない。)

そのように読者をよろこばせる殺し文句で、宇野さんの作品は充満していると思われる。

宇野さんは私より十二歳年上だが、私の方はもはや枯れ切って、恋愛小説など思いも及ばないのに、宇野さんはいまだにみずみずしくて「水西書院の娘」など、新しい女を創造されている。「青山二郎の話」は、元来私などのやるべき仕事だが、宇野さんには青山と色気抜きの長い交際があって、この異常な才能の源泉を解き明かそうとしている。人は宇野さんと話しているうちに、それぞれに真の姿を見せてしまうものらしい。それを宇野さんは書くわけである。

初出『宇野千代全集8』月報　一九七七年一〇月中央公論社

解説

林秀雄

これは小説とか随筆の型に嵌(はま)らぬ作品であるが、語り口は自ら小説的であり、展開は随筆風である。小説でも随筆でも宇野さんが書きはじめるときには、普通はすでに終りまでの見透しが立っており、途中の風景もはっきり予感されているにちがいないのだが、この『青山二郎の話』だけは例外のようである。おそらく、はじめに二回目以降の構想は浮かんでいなかったであろうし、どこで打切るか、どこまで続くかの見当もついていなかったのである。それでも作者の心の中には書くことを急立(せきた)てるものがあった。

宇野さんが青山二郎に初めて会ったのは、昭和十七年、中山義秀と真杉静枝の結婚披露宴のときで、場所は目黒の驪山(りざん)荘であった。そのときの強烈な印象のことは本書でも書かれている。以来、両者の交流は四十年近くに及ぶのである。

宇野さんは周知のように、またご自分でも書いているように、幾度も恋愛し、結婚し、別れるという経験を重ねてきた。相手はみな一廉の男性である。そういう体験は作家としての宇野さんの血や肉となったものであるが、男たちはどうも宇野さんのために存在したのではないかと思われなくもない。宇野さんにみんな尻尾を摑まれているのである。だがここに尻尾を摑まれない男がいた。尻尾がないのかも知れない。それが青山二郎である。

強烈な印象にはじまった青山二郎との交流には、ありきたりの男対女の生ま臭さは無かった。女を見る男の目、その逆の場合も、そこにはいつでも判断力を鈍らせるものが働いている。宇野さんはそういう男の目を嫌になるほど知っていた。その中で、青山二郎の目だけが違っていた。その目はものを通して何かを見る強さ、人間の魂を見透すような輝きをもっていた。

『青山二郎の話』の第一回は、『海』の五十二年九月号に発表されたものであるが、青山二郎は前年の二月から病床にあった。宇野さんはしばしば見舞って接しているうちに「青山さんとはこう言う人間であったと言うことを、のちのちの人にまで知って貰いたい」という思いが募ってきたのである。

戦争を挟んだ四十年間、宇野さんも青山二郎も、それぞれ起伏の多い生活を送ってきた。しかし、

「いつ会っても、青山は同じ人でした。しかし、この世の中の現実に、無一文のときでも、億万長者のときでも、態度が変らないと言う人は、他には見たことがありません。こんなことはあり得ないことです。」(『私の文学的回想記』)

　これは宇野さんについても言えることかも知れない。交友の場では、お互の生活上の面倒なことは暗黙のうちに埒外におかれていた。

　だから宇野さんは、これを書くために面倒なことを掘り起こす必要があった。多くの人から話を聞き出した。しかし、この中でも述べているように、同じ人物の印象をある人は背が高かったと言い、ある人は低かったと言っており、人の記憶は不確かである。その上、青山二郎に纏わるエピソードの類はいろいろ流布されていて厄介である。それは面白がられて伝わっていくうちに、独立した話として形を作りあげ、兎角、最初の真実はとり零されがちである。

　しかし、そういう話でも何かを伝えていると感じながら、その最初の真実を求め、まず「奇妙奇天烈な魂の形成」される過程を探るために、小説家宇野さんは歩き出した。そして、すこしやこしい言い方であるが、「青山二郎」の話を書こうと思った作者の前に「青山二郎の話」が勝手に動き出し、時には酷く手古摺らせることにもなったのである。

ところで宇野さんの言う、この「奇妙奇天烈な魂」の所有者青山二郎とは、どういう人であったか、本書では自明のこととして述べられていない面に触れておきたい。

生前、青山二郎といえば、まず陶器の鑑賞家、本の装幀家として一般には通じていた。とくに陶器についてのずば抜けた鑑識眼は早くから知られ、伝説的でもあった。

中学生の頃から絵画に興味をもっていて、自分でも描き、後に中川一政の門に入ったこともある。それと同時にやきものにも興味を抱き、高価な一級品を買って古美術商を驚かせた。中学生が高価なものを買ったことだけでなく、鑑識眼の確かさ、筋の良さにびっくりしたのである。そういう眼は生得のもので、その眼に育てられたのが青山二郎である。やきものを通して、ものそのものの見方を発見し、その発見する眼を生涯大切にしたところにこの天才の本質があるといえるのではないだろうか。世の多くの蒐集家は蒐集するだけで終っている。青山二郎にとって蒐集は手段でしかなかった。それらによって発見したものから、独自の思想を完成させたのである。

昭和六年に刊行された中国古陶磁の図録『甌香譜』によって、青山二郎の存在は世間に知られることになった。これは横河民輔が蒐集した二千点余の陶磁器から六十点を厳選し、原色版で紹介したものである。その選定から出版まで四年の歳月がかかっていて、仕事も大変であったが、青山二郎の凝り性ぶりは語り草になっている。刊行の辞の中に「青山二郎君の如き天才を俟たねば出来ない事業である」と記され、また推薦者には青山二郎よりはるかに世代の上の、当時の権威者が名を列ねているのを見ても、すでにその鑑識は高く評価され、信頼されていたことがわかる。

同年には『陶経』という、やきもの哲学とでもいうべき本も出している。これが書かれたのは二十代であるが、浮世草紙の文体を真似た、句読点のない、振りがなをつけて二重の意味をもたせた難解な文章の中に「表面さして愚にも見えざるに器物の観えるは稀有の事なり、そもそも器物にぶら下りたるが万人、突離して観えるは無し――」（句読点は本稿筆者）とか「――又贋物と承知乍ら見所あって歎ずる者あり、己が心構えたる者には真贋の差別無きこそ真なり」といった文句がある。すべて観るべきものは観てしまったという境地が、早くも窺えるのである。いわゆる骨董弄り、まして若者のそれは軽侮の念で見られていたが、同書のことばを借りれば、「面癖（壁をもじって――筆者）九年（いじくりまわした――原文ふりがな）」にして、ものを通して分かるべきことは分かってしまったのである。こうなれば後は復習・応用にすぎない。河上徹太郎は「彼のように美しい倦怠家を私は知らない」と言っている。

この青春時代の青山二郎を取捲いて、多くの文学者たちがいたことはよく知られている。同世代の中原中也・小林秀雄・河上徹太郎・永井龍男などをはじめ多士済済であった。感受性豊かでやがて文壇の主軸となる人たちを魅きつけたのは、読書や講義によって間接的にものを見たのではなく、直かに観た人が直かに語り行為する力の存在であったといえよう。中村光夫氏は次のように書いている。

「しかし青山氏は十も年下の僕と本気でつきあってくれ、僕もこの都会の隠者に魅惑されるようになりました。氏については、多くの人が書いており、一応の通念ができあがっていますが、僕の考えでは、氏は一種の求道者であると同時に徹底した遊民であり、氏の魅力はこの矛盾からきているように思われます。」（「今はむかし」）

　また河上徹太郎は、青山二郎によって自分のお坊っちゃん気質や、知的観念主義が徹底的に叩きのめされたことを書いている。さらに「青山二郎と『陶経』」という文章の中で「――青山の『陶経』一巻はこの精神を踏まえて私が日夜鍛われたものであり、私の批評家的開眼の虎の巻なのである」ともいっている。

　こうした青山二郎を中心とする集まりは「青山学院」と仲間うちで呼ばれたが、これはそこでみんな如何に鍛えられたかを物語っている。〈眼〉という、いわば〈誤解することのない精神〉によって、借りものの思想などはずたずたに切り裂かれるのであった。青山二郎の影響を直接受けた人たち、さらにそれを間接的に受けた人たちを考えると、昭和の文学史にとって青山二郎の存在した意味は少なくないといえよう。
また、小林秀雄の初期評論集や中原中也の詩集などからはじまって本の装幀も数えきれない程手がけている。装幀家などという名称も青山二郎あたりから言われだしたことである。

読書家であったが、文章を書くことも好きであった。若い頃の詩や小説、日記なども遺っているが、戦後には割合多くの文章を書き、『新潮』『芸術新潮』その他に発表している。陶器や美術に関するものをはじめ、評論・随筆あるいは小説に属するものがあり、『眼の引越』（中公文庫）は生前に自選されたものである。いずれも彫琢を加えた文章で、青山二郎の思想を知る上での貴重な資料である。若し仮りに、青山二郎が生前〈いじくりまわした〉やきものが一堂に並べられることがあれば、そこから透徹した青山美学が浮かび上がってくるにちがいないが、これは夢である。

青山二郎はかつて『日本現代文学全集』（講談社版）宇野千代篇の月報で「夜眼、遠眼、傘の内」と題する小文を書いている。
「宇野さんの小説で、宇野さんがだいじにしているものはその中の話の内容ではない。緊張したところに来ると、宇野さんにはそれが一枚の画になるのだが、画になると言ったのでは解りにくい。併し作家にとっても読者にしても、それは一つの劇的な形として心に焼きつくものだ——宇野さんの小説は、好んでそういう姿を言葉という色彩で表現しようと苦労した、独り相撲である。（中略）私は宇野さんの小説を、一本足の「唐傘のオバケの踊り」だと思っているのだが、又これが宇野千代という人そのものなのだと思う。（中略）宇野さんの「唐傘の踊り」が見たかったら、彼女と暮したことがある数人の人間から、宇野さんという人を考えて見ることが出来る。（後略）」

この『青山二郎の話』で、宇野さんは何人かの人間から、青山二郎という人を考えて見ようとしたのである。そして、ここでだいじにしているのは、「劇的な形」として心に焼きついた、最初のあの鮮烈な印象である。

初出『青山二郎の話』一九八三年一一月中公文庫

林秀雄（はやし・ひでお　一九一八〜一九八五）本名小林秀雄。元創元社編集者。緑地社を創業。『青山二郎文集』（小沢書店刊）略年譜編纂者。

解説

宇月原晴明

もし未読なら、白洲正子の『いまなぜ青山二郎なのか』と『遊鬼』（ともに新潮社）を読んでほしい。伝説の目利きにして小林秀雄の骨董の師といった程度にしか青山のことを知らないのならば、必ず。

大正末から昭和初期にかけて、それまで茶の湯の侘び寂び、煎茶の文人趣味しか知らなかった日本人の物、特に古い物に対する美意識に、革命的な変化が起きた。二〇世紀初め以来の中国大陸や朝鮮半島からの大量の古陶磁の流入や欧米の美術界の動向に刺戟された「鑑賞陶器」の確立と「民芸」の誕生である。茶の道具としてしか物を見ることのできない限界を超えて、普遍的な美術品として鑑賞し研究する「鑑賞陶器」や民衆的な用の美を追求する「民芸」により、古陶磁を中心とした骨董の世界のみならず、日本人の物との関係は決定的に変わってしまったのだ。

そんな革命期に「鑑賞陶器」の確立や「民芸」の誕生に参画し、横河民輔、柳宗悦、北大路魯山人、小林秀雄といった錚々たるカリスマ達と交わりながら、「生涯を通じて何もせず、何も遺さず、「数奇」に命を賭けたといっても過言ではない」青山二郎の、それでも遺された装幀も文章も絵も写真も余技でしかなかった「何者でもない人生」、何者でもないからこそ、何者かであろうとした多くの人々を刺戟し魅了し反発させた人生の謎を、白洲は探究してやまない。

白洲正子は終始、自分と同じ気質の小林秀雄を介して青山二郎を見ている。だからこそ、骨董の師弟というだけではすまない青山と小林の宿命的な絆、小林の「批評」の誕生に青山の「数奇」三昧の眼、「意味も、精神も、すべて形に現れる」と見抜く眼が深くかかわっていることを浮き彫りにできた。小林と同じく青山に師事し、自分とまったく異質なものに刺戟され魅了され反発せずにはいられない軌跡を、白洲もまた辿ることによって。彼女のこの二冊は、青山についての入門にして究極だ。

しかし、宇野千代の「青山二郎の話」は、究極のさらに彼方にある。彼の生涯に不可欠な酒と骨董と小林秀雄に、宇野は驚くほど踏み込まない。彼女はただ「青山さん自身と接していること、そのことが好きであった」から「尊敬と感動と愛と好奇心」をもってそのことだけを書いたのだ。小林や白洲のように、自分にない何かを学ぶ気も、得る気もなかった。ともに親交がありながら、小林の影も感じさせない青山を書けたのは、宇野千代の他に誰がいよう。その欠落を補うかのごとく、今回、新たに編集されたこの一冊には、宇野による「小林秀雄の話」も収められている。彼女には小林こそが異質な存在であった。彼については「尊敬」の一語を繰り返すばかりで、そこに「感動と愛と好奇心」はない。宇野にとって、小林はどこまでも尊敬すべき偉大な友人にすぎないが、青山は違う。宇野は青山二郎と同じ気質であり、小林秀雄が尾崎士郎に青山を紹介した言葉を借りれば、彼女もまた「正直で打ち込みの深いバカ」なのだ。でなければ、酒も呑まず、「私には器物のことが分らなかった。或いは、それほど好きにはならなかった」と公言する身で、青山のことを書くようなバカなまねはしない。

宇野千代の小説について、小林秀雄は「フィクションの自律性ともいうべきものが、激しく求められている」(「感想」)と指摘し、青山二郎は「一つの劇的な形として心に焼きつくもの」を「表現しようと苦労した、独り相撲」であり「一本足の「唐傘のオバケの踊り」だと思っているのだが、又これが宇野千代という人そのものなのだと思う」(「夜眼、遠眼、傘の内」)と喩えた。二人は同じことを言っているのだが、小林のらしくもない通り一遍の評言にくらべ、青山にしかできない喩えは面白い。彼が二五年にわたって日記の余白などに繰り返し綴ったというこの戯詩を知っていると、もっと面白くなる。

ばけものにうなされて
さめた目が一つめだったとサ
あしだにからかさ一本あし
片ッ方で一つ見えるものがある
馴れないから未だ何だか分からない
一つ見えるものがあたいだ
さあ言いあてるかあてないか

青山は、自らを喩えた一つ目一本足の唐傘オバケの姿を、宇野にも見ていた。小林秀雄は愛憎半ばする親友で、白洲正子は聡明な弟子だが、宇野千代はともにオバケとして、同類であったのだ。もちろん、同類の宇野にとっても青山は謎だった。だが、彼女は「片田舎の人こそ、色こく、万はもて興ずれ」（『徒然草』）という素朴な好奇心、青山が宇野を「最も善く出来た田舎者」と名付けた所以となったろう濃厚だが嫌味のない好奇心で、青山二郎という謎に「ねぢょり、立ち寄り、あからめもせずまもりて」わからないまま、それこそバカのようにともにあり続けた。そうしてついに、求めもしない謎の答えを言いあてる。

青山二郎の死に際し、宇野千代は「誰にも紹介されたこともないのに」お互い「始めて会ったもの同志が、相手を間違いなく認識する」ことができたと信じている彼との出会いの「強烈」な印象を回想した。「青山さんに、いつ、どこで会ったか私はぜんぜん覚えていない」とざっくばらんに打ち明けている白洲正子とくらべると、同類としての出会いの瞬間を「一つの劇的な形として心に焼きつくもの」にしようとする宇野のまさに「独り相撲」、オバケの踊りが際立つ。が、眼玉のオバケの正体は、踊るオバケでなければ言いあてられない。「いつでも、この青山さんとの出会いのときの、あのはっとした気合いのような感情を思い出す」宇野は、続けて「私が始めて青山さんを見たとき、あっ、青山さんだと感じたあの呼吸で、器物も見ることだと言うのであろうか」と問う。

何か物が見える人とは、ある経験が成長発展して行って、高級な物を評価する人の事を言うのではない。直接に、何時も新たに物そのものから見ることを教えられる人のことを言うのである。物に教えられないで美を見ることは出来ないし、それを楽しむことは出来ない。物に対して眼玉は無力であることを悟り、またそれが無条件でなければ見える人とは言えない。
眼玉の悪い癖は、何某という個性の自信を持つことだ。俺が俺がという眼玉はふし穴同然なものである。

（「一九四九年のノート」より）

青山二郎はこう書いている。いつも初めて出会った時のように、新たに物と対する。そして、その瞬間に留まり続けること。まさに宇野の書く「あの呼吸」「出会いのときの、あのはっとした気合いのような感情」に、物に対する度ごとにいつも無条件に立ち戻ること。そこには常に、新しさ、驚き、発見があるが、成長も発展もない。青山の「物が見える人」とは、物とともに無限に新しい永遠の無為を生きることを自身に課した、あるいは、そう生きざるを得なかった人なのだ。

考えて見ると私の一生は、いつでも何事かを「とりとめようとしている」瞬間の連続であったような気がします。放置してもしなくても、やがてはひとりでに逃げて行くと決まっているものを、こんなにも「とりとめようとしている」一生は、それこそ愚かな煩悩の世界ですね。

青山との往復書簡で、彼の「女をとりとめようとしている」という言葉への宇野千代の返信だ。しかし、これこそ青山二郎の一生ではないか。宇野は物ではなく人と対し続けたという違いだけだ。青山は「宇野さん程の人が、女としての偶然事に未だ何か決定的なものを期待しているのだろうか」と他人事のようにあしらっているが、先の問いとともに、宇野はまたも彼の正体を言いあてる。問われているのは、女であるかどうかではない。とりとめようもなく現れては消えていく「劇的な形」にとり憑かれたオバケであるかどうかだ。「青山さん程の人が、物が見えるという偶然事に未だ何か決定的なものを期待しているのだろうか」と反問されたら、どう答えたのか。晩年、成長発展のなさに堪えられなくなった小林秀雄に「過去はもう沢山だ！」と切って捨てられた時と同じく、返答のしようがなかったはずだ。

世に目利きとして知られるほどの者なら誰でも、「物そのものから見ることを教えられる」ことに気付く。だが、教えられた経験の蓄積から成長していく何かを創り上げる誘惑に囚われなかった者、物から教えられる新たな発見の瞬間をいくら積み重ねても何ものにも発展せず何も遺さない無為の反復にすぎないことを受け入れられる者が、どれほどいるだろうか。

横河は「鑑賞陶器」の精華たる中国古陶磁の大コレクションを、柳は「民芸」を、魯山人は「美食」を、小林は「批評」を、創り上げた。いずれもそれまでにない新しい世界の創造に手を貸しながら、確立したどの世界に対しても一転して青山が批判的であったのはそのためだ。「人は美を求めようと心掛けてその中から各自の偏見を引出している」と、同じノートに自分も例外としない痛烈な一文を残している。

青山二郎は、大正末から昭和初期の人と物とが革命的な饗宴を演じた時代の申し子であり、饗宴の熱気を結晶させ独自のイデアを構築しようとするいずれ劣らぬプラトン達に、創造を助ける産婆の役と偏見に眠り込ませないよう刺戟する虻の役を自任したソクラテスのごとく対し続けた。

青山自身が自らに重ねたのは、千利休である。「利休伝ノート」をはじめ彼の描く利休は、人と物とが革命的な饗宴を演じた桃山時代の申し子であり、茶道を大成したプラトン的な姿以上に、人と物との一期一会の瞬間に留まり続けることで、誰もを魅了し、誰をも批判する茶事三昧のソクラテス的な姿をしている。青山が信じたのは茶道ではなく一つ一つの茶碗であり、茶碗が人と出会うことによって「各々の茶碗が銘々の茶道を拓くだろう」（「日本の陶器」）ということだった。

だから、青山二郎が宇野千代に茶碗を作ってみないかと勧めたという話は、只事ではない。彼女が驚き畏れたのも無理はないのだ。小林秀雄にも柳宗悦にも白洲正子にも、茶碗を作れとは絶対に言わなかったろう。北大路魯山人の作る食器は認めても、茶碗は歯牙にもかけなかった青山である。大本教の教祖が作った茶碗を見たからと青山は言っているが、それだけの理由ではあるまい。

昭和二三年に刊行された宇野千代の『わたしの青春物語』（酣燈社）という一冊がある。巻末の「日記抄」で彼女は戦災下に弟を看取ったことを書いて、その本を締めくくった。

病院そのものが焼けているので、遺骸を置いた部屋は裸で、窓ガラスもない。電気がつかない。私は誰もまだここに来ない間、死者とただ二人きりで坐っていた。ついさっき死者が茶を呑んだ茶碗に土を盛り、香を立てた。風が吹いて蠟燭が消えそうになる。骨だけの窓の戸がはためく。眼をあげると、たしかに一望の焼野原に、思いもかけず明るい月が出ているのだ。

青山はこれを読んで、宇野に茶碗を作らせてみたいと思ったのではないか。「利休伝ノート」に「利休の根本的な思想の中には、本当は茶道も礼儀も無い、何もなかった。この世がことごとく虚疑に見えたのだ」「狂いのような梅毒で鼻の落込んだ加藤清正を慰めるのには、唯二人で一つ茶をのむことしかなかったのだ」「死を賜って家を出る時、不浄な物だと言って投捨てられた茶碗の象徴的な運命」と書いた彼なら、無と死とともにある宇野のこの茶碗を決して見逃しはしなかっただろう。『わたしの青春物語』を装幀したのは青山なのである。

そうであってもなくても、この時、宇野千代は青山二郎と唯二人、ついに作られることのなかった幻の茶碗に対していたことは間違いない。

「青山二郎の話」も「小林秀雄の話」も、どこまでも宇野千代の「独り相撲」だ。しかし、小林は敬して遠ざけられたまま神棚から動けないが、青山はしっかりと同じ土俵に上がり、彼女に誘われ、ともに生き生きと踊っている。宇野が作ったかもしれない「作為のない、とても無邪気なものだが、何とも言えない好い茶碗」のような、何かが決定的に欠落し、何かが驚くほど過剰な、「一つの劇的な形として心に焼きつく」オバケの踊りを。

（うつきばら・はるあき　作家）

底本一覧

I　青山二郎の話

青山二郎の話　『青山二郎の話』二〇〇四年九月中公文庫
和ちゃんの話　『或るとき突然』一九八四年一〇月中公文庫
青山二郎さんの思い出　『讀賣新聞』一九七九年四月二日夕刊
説明をしなかった青山さん　『新装版　幸福人生まっしぐら』一九九六年七月大和書房
ははははは　『生きていく願望』一九八九年一一月集英社文庫
青山さんの童心　『私はいつでも忙しい』一九九一年二月中公文庫
独創は真似からはじまる　『幸福は幸福を呼ぶ』一九九七年一〇月集英社文庫
悪いものは見ない　『普段着の生きていく私』一九九〇年八月集英社文庫
よく出来た田舎者　『私のしあわせ人生』一九九〇年六月毎日新聞社
芭蕉を偲んで　同右
青山二郎さんへの手紙　『宇野千代全集11』一九七八年五月中央公論社
女性的才能について　『青山二郎全文集　上』二〇〇三年一月ちくま学芸文庫

II　小林秀雄の話

あの頃の小林さん　『宇野千代全集9』一九七八年三月中央公論社
ゴッホとロートレック　『芸術新潮』一九七三年七月号
真の恩人は小林さん　『私はいつでも忙しい』一九九一年二月中公文庫
小林秀雄さんの愛情　同右
私の一生に書いた作品の中で　『宇野千代全集10』一九七八年四月中央公論社
私の本箱　『普段着の生きていく私』一九九〇年八月集英社文庫
凡て尊敬することだ　同右
二つの文體　『宇野千代全集10』一九七八年四月中央公論社
文學界の表紙　『私はいつでも忙しい』一九九一年二月中公文庫

III　宇野千代の話

最も善く出来た田舎者　『青山二郎全文集　上』二〇〇三年一月ちくま学芸文庫
夜眼、遠眼、傘の内　同右
感想　『小林秀雄全作品27』二〇〇四年一月新潮社
淡島の家　『大岡昇平全集21』一九九六年六月筑摩書房
解説　林秀雄　『青山二郎の話』一九八三年一一月中公文庫
解説　宇月原晴明　書きおろし

編集付記

一、本書は著者の青山二郎と小林秀雄に関するエッセイを独自に編集し、青山二郎、小林秀雄、大岡昇平によるエッセイを加え一冊としたものです。中公文庫オリジナル。

一、底本中、旧字旧かな遣いのものは新字新かな遣いに改め、明らかな誤植と思われる箇所は訂正しました。表記のゆれは各篇ごとの統一とし、難読と思われる語にはルビを付しました。

一、本文中に今日では不適切と思われる表現もありますが、著者が故人であること、刊行当時の時代背景と作品の文化的価値に鑑みて、底本のままとしました。

中公文庫

青山二郎の話・小林秀雄の話

2019年12月25日　初版発行

著　者　宇野 千代

発行者　松田 陽三

発行所　中央公論新社
〒100-8152　東京都千代田区大手町1-7-1
電話　販売 03-5299-1730　編集 03-5299-1890
URL http://www.chuko.co.jp/

ＤＴＰ　ハンズ・ミケ
印　刷　三晃印刷
製　本　小泉製本

Published by CHUOKORON-SHINSHA, INC.
Printed in Japan　ISBN978-4-12-206811-7 C1195

中公文庫既刊より

各書目の下段の数字はISBNコードです。978－4－12が省略してあります。

う-3-16
私の文学的回想記
宇野千代

波乱の人生を送った宇野千代。ときに穏やかな友情を結び、またあるときは激しい情念を燃やした文壇人との交流のあり方が生き生きと綴られた一冊。〈解説〉斎藤美奈子

205972-6

う-3-7
生きて行く私
宇野千代

〝私は自分でも意識せずに、自分の生きたいと思うように生きて来た〟ひたむきに恋をし、ひたすらに前を見つめて歩んだ歳月を率直に綴った鮮烈な自伝。

201867-9

こ-14-3
人生について
小林秀雄

名講演「私の人生観」「信ずることと知ること」を中心に、ベルグソン論「感想」（第一回）ほか、著者の思索の軌跡を伝える随想集。〈解説〉水上　勉

206766-0

こ-14-2
小林秀雄　江藤淳　全対話
小林秀雄
江藤淳

一九六一年の「美について」から七七年の大作『本居宣長』をめぐる対論まで全五回の対話と関連作品を網羅する。文庫オリジナル。〈解説〉平山周吉

206753-0

お-2-17
小林秀雄
大岡昇平

親交五十五年、評論から追悼文まで「人生の教師」であった批評家の詩と真実を綴った全文集。巻末に小林との対談収録。文庫オリジナル。〈解説〉山城むつみ

206656-4

お-2-10
ゴルフ 酒 旅
大岡昇平

獅子文六、石原慎太郎ら文士とのゴルフ、一年におよぶ米欧旅行の見聞……。多忙な作家の執筆の合間には、いつも「ゴルフ、酒、旅」があった。〈解説〉宮田毬栄

206224-5

お-2-11
ミンドロ島ふたたび
大岡昇平

自らの生と死との彷徨の跡。亡き戦友への追慕と鎮魂の情をこめて、詩情ゆたかに戦場の島を描く。『俘虜記』の舞台、ミンドロ、レイテへの旅。〈解説〉湯川　豊

206272-6

お-2-12
大岡昇平 歴史小説集成
大岡昇平

「挙兵」「吉村虎太郎」など長篇『天誅組』に連なる作品群ほか、「高杉晋作」「竜馬殺し」「将門記」など戦争小説としての歴史小説全10編。〈解説〉川村 湊

206352-5

お-2-13
レイテ戦記(一)
大岡昇平

太平洋戦争の天王山・レイテ島での死闘を再現した戦記文学の金字塔。巻末に講演「『レイテ戦記』の意図」を付す。毎日芸術賞受賞。〈解説〉大江健三郎

206576-5

お-2-14
レイテ戦記(二)
大岡昇平

リモン峠で戦った第一師団の歩兵は、日本の歴史自身と戦っていたのである――インタビュー「『レイテ戦記』を語る」を収録。〈解説〉加賀乙彦

206580-2

お-2-15
レイテ戦記(三)
大岡昇平

マッカーサー大将がレイテ戦終結を宣言後も、徹底抗戦を続ける日本軍。大西巨人との対談「戦争・文学・人間」を巻末に新収録。〈解説〉菅野昭正

206595-6

お-2-16
レイテ戦記(四)
大岡昇平

太平洋戦争最悪の戦場を鎮魂の祈りを込め描く著者渾身の巨篇。巻末に「連載後記」、エッセイ「『レイテ戦記』を直す」を新たに付す。〈解説〉加藤陽子

206610-6

お-2-18
成城だより 付・作家の日記
大岡昇平

文学、映画、漫画……闊達に綴った日記文学。一九七九年十一月から八〇年十月まで。「作家の日記」を併録。全三巻。〈巻末付録〉小林信彦・三島由紀夫

206765-3

お-2-19
成城だよりII
大岡昇平

六十五年を読書にすごせし、わが一生、本の終焉と共に終らんとす――。大いに読み、書く日々。一九八二年一月から十二月まで。〈巻末エッセイ〉保坂和志

206777-6

お-2-20
成城だよりIII
大岡昇平

とにかくひどい戦後四十年目だった――。防衛費一％枠撤廃、靖国参拝……戦後派作家の慷慨。一九八五年一月から十二月まで。全巻完結。〈解説〉金井美恵子

206788-2

各書目の下段の数字はISBNコードです。978-4-12が省略してあります。

た-13-8
富士
武田泰淳
悠揚たる富士に見おろされる精神病院を舞台に、人間の狂気と正常の謎にいどみ、深い人間哲学をくりひろげる武田文学の最高傑作。〈解説〉堀江敏幸
206625-0

た-13-10
新・東海道五十三次
武田泰淳
妻の運転でたどった五十三次の風景は――。自作解説「東海道五十三次クルマ哲学」、武田花の随筆「うちの車と私」を収録した増補新版。〈解説〉高瀬善夫
206659-5

た-13-9
目まいのする散歩
武田泰淳
歩を進めれば、現在と過去の記憶が響きあい、新たな記憶が甦る……。野間文芸賞受賞作。巻末エッセイ「丈夫な女房はありがたい」などを収めた増補新版。
206637-3

た-13-5
十三妹(シイサンメイ)
武田泰淳
強くて美貌でしっかり者。女賊として名を轟かせた十三妹は、良家の奥方に落ち着いたはずだったが……中国古典に取材した痛快新聞小説。〈解説〉田中芳樹
204020-5

た-13-6
ニセ札つかいの手記　武田泰淳異色短篇集
武田泰淳
表題作のほか「白昼の通り魔」「空間の犯罪」など、独特のユーモアと視覚に支えられた七作を収録。戦後文学の旗手、再発見につながる短篇集。
205683-1

た-13-7
淫女と豪傑　武田泰淳中国小説集
武田泰淳
中国古典への耽溺、大陸風景への深い愛着から生まれた、血と官能に満ちた淫女・豪傑の物語。評論一篇を含む九作を収録。〈解説〉高崎俊夫
205744-9

た-15-10
富士日記（上）新版
武田百合子
夫・武田泰淳と過ごした富士山麓での十三年間を克明に描いた日記文学の白眉。昭和三十九年七月から四十一年九月分を収録。〈巻末エッセイ〉大岡昇平
206737-0

た-15-11
富士日記（中）新版
武田百合子
愛犬の死、湖上花火、大岡昇平夫妻との交流。昭和四十一年十月から四十四年六月の日記を収録する。田村俊子賞受賞作。〈巻末エッセイ〉しまおまほ
206746-2

た-15-12
富士日記（下）新版
武田百合子
季節のうつろい、そして夫の病。山荘でともに過ごした最後の日々を綴る。昭和四十四年七月から五十一年九月までを収めた最終巻。〈巻末エッセイ〉武田　花
206754-7

た-15-5
日日雑記
武田百合子
天性の無垢な芸術者が、身辺の出来事や日日の想いを、時には繊細な感性で、時には大胆な発想で、心の赴くままに綴ったエッセイ集。〈解説〉巖谷國士
202796-1

た-15-9
新版　犬が星見た　ロシア旅行
武田百合子
夫・武田泰淳とその友人、竹内好との旅を、天真爛漫な目で綴った旅行記。読売文学賞受賞作。竹内好の随筆「交友四十年」を収録した新版。〈解説〉阿部公彦
206651-9

た-80-1
犬の足あと　猫のひげ
武　田　花
天気のいい日は撮影旅行に。出かけた先ででくわした奇妙な出来事、好きな風景、そして思い出すことどもを自在に綴る撮影日記。写真二十余点も収録。
205285-7

い-38-3
珍品堂主人　増補新版
井伏　鱒二
風変わりな品物を掘り出す骨董屋・珍品堂を中心に善意と奸計が織りなす人間模様を鮮やかに描く。関連エッセイを増補した決定版。〈巻末エッセイ〉白洲正子
206524-6

い-38-4
太宰　治
井伏　鱒二
師として友として太宰治と親しくつきあった井伏鱒二。二十年ちかくにわたる交遊の思い出や作品解説など太宰に関する文章を精選集成。〈あとがき〉小沼　丹
206607-6

い-38-5
七つの街道
井伏　鱒二
篠山街道、久慈街道……。古き時代の面影を残す街道を歩いて、史実や文献を辿りつつ、その今昔を風趣豊かに描いた紀行文集。〈巻末エッセイ〉三浦哲郎
206648-9

う-37-1
怠惰の美徳
梅崎　春生
荻原魚雷 編
戦後派を代表する作家が、怠け者のまま如何に生きてきたかを綴った随筆と短篇小説を収録。真面目で変でおもしろい、ユーモア溢れる文庫オリジナル作品集。
206540-6

各書目の下段の数字はISBNコードです。978 - 4 - 12が省略してあります。

や-1-2
安岡章太郎 戦争小説集成
安岡章太郎
軍隊生活の滑稽と悲惨を巧みに描いた長篇「遁走」ほか、短篇五編を含む文庫オリジナル作品集。巻末に開高健との対談「戦争文学と暴力をめぐって」を併録。
206596-3

や-1-3
とちりの虫
安岡章太郎
ユーモラスな自伝的回想、作家仲間とのやりとり、鋭く笑える社会観察など、著者の魅力を凝縮した随筆集。阿川弘之と遠藤周作のエッセイも収録。〈解説〉中島京子
206619-9

あ-20-3
天使が見たもの 少年小景集
阿部 昭
短篇の名手による〈少年〉を主題としたオリジナル・アンソロジー。表題作ほか教科書の定番「あこがれ」「自転車」など全十四編。〈巻末エッセイ〉沢木耕太郎
206721-9

た-43-2
詩人の旅 増補新版
田村隆一
荒地の詩人はウイスキーを道連れに各地に旅立った。北海道から沖縄まで十二の紀行と「ぼくのひとり旅論」を収める〈ニホン酔夢行〉。〈解説〉長谷川郁夫
206790-5

つ-3-20
春の戴冠1
辻 邦生
メディチ家の恩顧のもと、花の盛りを迎えたフィオレンツァの春を生きたボッティチェルリの生涯――壮大にして流麗な歴史絵巻、待望の文庫化！
205016-7

つ-3-21
春の戴冠2
辻 邦生
悲劇的ゆえに美しいメディチ家のジュリアーノと美しきシモネッタの禁じられた恋。ボッティチェルリは彼らを題材に神話のシーンを描くのだった――。
204994-9

つ-3-22
春の戴冠3
辻 邦生
メディチ家の経済的破綻が始まり、フィオレンツァの春は、爛熟の様相を呈してきた――永遠の美を求めるボッティチェルリと彼を見つめる「私」は。
205043-3

つ-3-23
春の戴冠4
辻 邦生
美しいシモネッタの死に続く復活祭襲撃事件……。ボッティチェルリの生涯とルネサンスの春を描いた長篇歴史ロマン堂々完結。〈解説〉小佐野重利
205063-1

つ-3-25
背教者ユリアヌス(一)
辻 邦生
血で血を洗う政争のさなかにありながら、ギリシア古典を学び、友を得て、生きることの喜びを見いだしていくユリアヌス――壮大な歴史ロマン、開幕！
206498-0

つ-3-26
背教者ユリアヌス(二)
辻 邦生
学友たちとの平穏な日々を過ごすユリアヌスだったが、兄ガルスの謀反の疑いにより、宮廷に召喚される。皇后との出会いが彼の運命を大きく変えて……。
206523-9

つ-3-27
背教者ユリアヌス(三)
辻 邦生
皇妹を妃とし、副帝としてガリア統治を任ぜられたユリアヌス。未熟ながら真摯な彼の姿は兵士たちの心を打ち、ゲルマン人の侵攻を退けるが……。
206541-3

つ-3-28
背教者ユリアヌス(四)
辻 邦生
輝かしい戦績を上げ、ついに皇帝に即位したユリアヌス。政治改革を進め、ペルシア軍討伐のため自ら遠征に出るが……。歴史小説の金字塔、堂々完結！
206562-8

つ-3-8
嵯峨野明月記
辻 邦生
変転きわまりない戦国の世の対極として、永遠の美を求め〈嵯峨本〉作成にかけた光悦・宗達・素庵の献身と情熱と執念。壮大な歴史長篇。〈解説〉菅野昭正
201737-5

つ-3-16
美しい夏の行方 イタリア、シチリアの旅
辻 邦生
堀本洋一 写真
光と陶酔があふれる広場、通り、カフェ……ローマからアッシジ、シエナそしてシチリアへ、美と祝祭の国の町々を巡る甘美なる旅の思い出。カラー写真27点。
203458-7

つ-3-29
地中海幻想の旅から
辻 邦生
その青さは、あくまで明るい、甘やかな青で、こちらの魂まで青く染めあげられそうだった――旅に生きた作家の多幸感溢れるエッセイ集。〈解説〉松家仁之
206671-7

つ-3-30
完全版 若き日と文学と
辻 邦生
北 杜夫
青春の日の出会いから敬愛する作家、自作まで。親友の二人が闊達に語り合う。ロングセラーを増補、全対談を網羅した完全版。〈巻末エッセイ〉辻佐保子
206752-3